SOPA DE LIBROS

Juan Ignacio Luca de Tena, 15. 28027 Madrid
www.anayainfantilyjuvenil.com
e-mail: anayainfantilyjuvenil@anaya.es

1.ª edición, abril 2014
6.ª edición, mayo 2019

Diseño: Manuel Estrada

ISBN: 978-84-678-6135-8
Depósito legal: M-5172-2014
Impreso en España - Printed in Spain

Las normas ortográficas seguidas son las establecidas por
la Real Academia Española en la *Ortografía de la lengua española*,
publicada en 2010.



Borrás Sanjurjo, Alicia
¡Nata y Chocolate invencibles!/ Alicia Borrás Sanjurjo ;
ilustraciones de Anuska Allepuz. — Madrid : Anaya, 2014
152 p. : il. n. ; 20 cm. — (Sopa de Libros ; 168)
ISBN 978-84-678-6135-8
1. Violencia. 2. Problemas sociales. 3. Amistad. I. Allepuz,
Anuska, il.
087.5: 821.134.2-3

# ¡Nata y Chocolate invencibles!

SOPA DE LIBROS

Alicia Borrás Sanjurjo

# ¡Nata y Chocolate invencibles!

Ilustraciones
de Anuska Allepuz

ANAYA

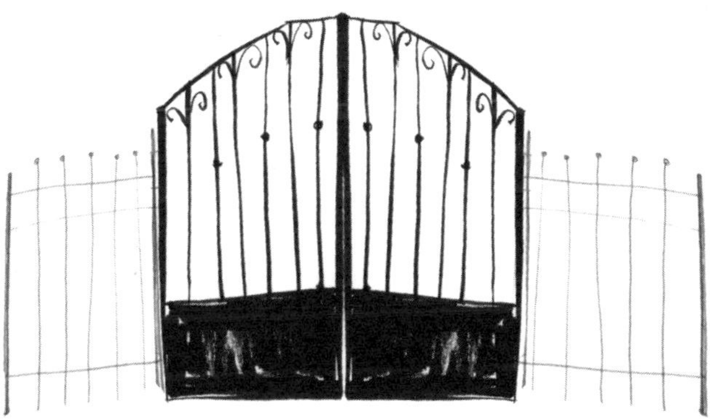

*A Yago, Ali, Maruxa, Inés, Antón y Sofía*
*con muchísimo amor.*
*Y a todos los alumnos y profesores*
*que me hicieron el regalo de leer mi libro.*
ALICIA BORRÁS SANJURJO

*A mi familia, por estar siempre a mi lado.*
ANUSKA ALLEPUZ

# 1



Ha pasado casi un año desde que Nata y Chocolate se conocieron y podría decirse que en todo ese tiempo han sucedido un montón de cosas estupendas.

La primera es que Sonia ha dejado definitivamente de sentir frío en los días en que no es normal tenerlo. La segunda es que el murciélago de su barriga ha dejado de molestarla; y la tercera, y creo que la más importante, es que su gran amigo Juan se ha levantado de su silla de ruedas y empieza este nuevo curso con ella.

—¿Llevas todo, hija? —le pregunta su abuela mientras desayuna.

—Claro, abuela, ayer estuve repasando todo el material, y creo que no me queda nada. Me voy corriendo, nos vemos después.

Sonia bebe la leche casi sin respirar, porque quiere llegar cuanto antes para que su amigo no se sienta solo el primer día. Así que, a pesar de ir tan cargada, podría decirse que vuela hasta el colegio.

—Hola, Sonia. —Sonríe Lola, que está mucho más alta que el curso anterior—. A ver qué profesores nos tocan este año, cruza los dedos, por favor.

Ella sonríe también y mira a su alrededor con nerviosismo. Juan le hace una seña con la mano levantada.

—Creí que no llegabas a tiempo.

—He corrido todo lo que he podido. Ven conmigo, a ver si nos podemos sentar juntos. ¡Mira, aquí!

Se sientan al lado de un chico bajito de cara simpática, que parece alegrarse de tener compañía.



Álvaro ya está en clase esperando a sus alumnos.

—Hola a todos —dice con buen humor—. Veo que habéis crecido bastante, espero que el desarrollo del cerebro haya sido proporcional al aumento de tamaño corporal. Cuando estéis todos sentados y en silencio, os presentaré a vuestros dos nuevos compañeros. Lo haré en cuanto no se oiga ni el vuelo de una mosca.

—Pero ¿eres otra vez nuestro tutor?

Rosalía acaba de entrar, sonríe a Sonia y al final pilla un sitio al lado de Olga y de Pilar.

—Pues me temo que sí, ¿alguna sugerencia?

—Que más vale malo conocido que bueno por conocer, eso dice siempre mi abuelo —se ríe Ramón, que también parece mucho más grande que el curso anterior.

La carcajada de Lola, que se sienta a su lado, sigue igual o incluso más escandalosa. Hace señas a Alba para que se siente con ellos.

—¿Ha vuelto Inés? —pregunta en voz alta.

Álvaro niega con la cabeza.

—Ha regresado Lidia, que también impartirá la optativa de Francés, y enseguida conoceréis a don Matías, que me sustituirá en Matemáticas —apaga los murmullos con la mano—; yo seré únicamente vuestro tutor y con un objetivo muy claro, vigilar estrechamente cada uno de vuestros movimientos para impedir cualquier tipo de retroceso; puedo aseguraros que cumpliré mi cometido. —Su seriedad es contagiosa—. Rafa seguirá con Música, James con Inglés, Lourdes os dará Ciencias de la Naturaleza... Y ahora, si me dejáis, os presentaré a vuestros dos nuevos compañeros. Empezaré por ti, Juan.



Sonia mira a su amigo con una sonrisa cómplice.

—¿Puedes levantarte por favor? Os presento a Juan, Juan Ubalde, para ser más exactos —explica con cierta solemnidad.

—Hola —dice él un poco nervioso y volviéndose a sentar.

Ramón levanta la mano desde su sitio.

—Otra sugerencia, podríamos llamarle Obama.

Álvaro lo mira muy fijo y no precisamente con aprobación.

—Por la coincidencia del color de piel y la fuerza de su discurso —se defiende al ver que a nadie parece hacerle gracia.

Juan no parece molesto y vuelve a levantarse.

—No es muy fácil hablar el primer día, aún no os conozco lo suficiente. Y tampoco se me ocurrió preparar un discurso, pero gracias por la sugerencia.

Un montón de aplausos inunda la clase. Y Lola susurra un «¡Qué guapo es!» en el oído de Alba.

—Tienes mi voto, presidente —dice en voz alta.

El tutor la mira meneando la cabeza.

—¡Qué orgulloso sigo estando de todos vosotros, queridos descerebrados! No dejáis de defraudarme nunca. A ver, seguimos: Pierre Arceneau. Muéstrate tú también ante este montón de premios nobel.

Pierre, el chico bajito se levanta con seguridad.

—Compañeros —dice en tono de mitin y arrastrando su «r» francesa—, ya conocéis mi nombre *officiel*, pero por si a alguno le interesa, también me llaman Eructil.

La clase estalla en risas, mientras él pide silencio con la mano.

—¿Sorprendidos, verdad? Ya comprobaréis por qué lo hacen, pero os puedo adelantar que soy perfectamente capaz de emitir un sinnúmero de eructos sin desmayo. Esto es simplemente un esbozo *pour les incrédules*. Con *votre permis*, don Álvaro.

Y con un eructo fresco y juvenil, vuelve a sentarse.

Las carcajadas dejan mudo a Álvaro, que impone silencio con una mirada gélida.

—No tenías mi permiso, Pierre, pero, aun considerando que quizás sea prematuro echarte de clase el primer día —dice con autoridad—, si esto se repite, puedo asegurarte que no me cortaré ni un pelo.

—Entendido, *mon professeur* —contesta el chico con valentía.

Todos se han olvidado de todos. De momento, Eructil es el líder indiscutible. Cuando llega el recreo, tiene una muchedumbre a su alrededor.

—¡Eh!, aire, *air,* por favor —se defiende sin parar de moverse—; rodead también a Obama, si no os importa.



—Este francés está mal —dice Ramón señalándose la sien y tirándole el balón a Lola—. Vamos a la cancha.

—¿Juegas al baloncesto, Juan? —pregunta Alba guiada por su estatura.

—No, gracias, todavía no estoy recuperado del todo —dice señalando su pierna.

—Pues ojalá que sea pronto —se ríe Lola.

Cuando salen, Sonia hace un aparte con su amigo.

—¿Qué te parecen?

—Bien, me da la impresión de que ya los conocía de antes, a todos menos a Eructil —se ríen los dos—. Creo que va a ser un curso divertido.

Como si les hubiera escuchado, Pierre se acerca a ellos, seguido por unos cuantos discípulos.

—Me va a llevar un *peu* de tiempo memorizar *les noms* de toda esta jauría —dice señalando al montón de gente que le sigue—. ¿Tú eres Obama, verdad? ¿Puedes presentarme a tu primera dama, por favor?

Sonia mira a Juan de reojo.

—Yo soy Sonia y él es Juan. Ella es Rosalía, esta Pilar, Olga, Manu..., en la cancha están Lola, Ramón, Alba...

—¡Eh!, *un moment, s'il vous plaît* —dice Pierre, traduciendo sobre la marcha—. Un momento por favor, mi disco duro todavía está procesando los datos... Pero, de momento, vuestros nombres están memorizados. Sonia y Juan —sigue, cambiando el tono de su voz y extendiendo la mano—. Sois una pareja original, tan opuestos como la noche y el día, el blanco y el negro, el aprobado y el suspenso... Creo que puede ser muy interesante ser vuestro colega.



Nata y Chocolate, entre risas, extienden las suyas también y, después, Sonia se dirige a su amiga Rosalía.

—Este verano he leído muchísimos libros. Nuestra profe, Inés, la madre de Juan, tiene una biblioteca fantástica...

—¿Inés es tu madre? —pregunta Olga extrañada— Pero si ella no es...

—¿Negra como yo? Normal, no es mi madre biológica, pero en todo lo demás sí que lo es.

—Es una profe fantástica —dice Rosalía—, siento que este curso no esté con nosotros.

—De momento es lo que hay —contesta Juan—; no tiene plaza fija y está haciendo sustituciones en otro instituto.

—Lo peor —suspira Pilar—, es que va a volver Lidia, eso si que es una mala noticia, además huele a empanadilla.

Todos se ríen menos Pierre, que parece pensativo.

—Realmente no considero una mala noticia que tengamos una profesora que huela a empanadilla, incluso lo considero todo un detalle, es un olor sumamente *agréable* para amenizar una clase, a no ser que dicha empanadilla sea de bacalao con pasas, ¿lo es...?

Las carcajadas no le dejan acabar.

—Huele a variado de empanadillas —dice Manu, un repetidor adicto a los chicles—, incluida la de bacalao con pasas. ¿Por qué no nos demuestras lo de los eructos? Estamos todos deseando escucharlos.



Pierre le pasa la mano por el hombro con complicidad.

—Vamos a ver, Manu, una hazaña como la mía necesita una dosis importante de concentración y esfuerzo. ¿Crees acaso que un pequeño recreo como este lo permite? Paciencia, *mon ami,* todo llegará, de momento tendrás que conformarte con este pequeño avance...

Y sin más, casi con delicadeza, Pierre traga aire, y deja salir un estruendoso eructo, que anima de golpe a todos sus compañeros.

—Este va a ser un curso insuperable —dice Manu, casi sin aire por las risas.

—Yo diría que más bien un curso asqueroso —protesta Rosalía.

—Ya —dice Olga, apoyándola—, y te aconsejo, Pierre, que si no quieres cargártela desde el primer día, no sigas ensayando, no creo que a ninguno de los profesores les haga gracia tu habilidad. ¡El timbre!

—Ni a los profesores ni a algunos alumnos como yo —dice Ramón, que llega sudoroso y a tiempo de oírlos—, pero por mí no te cortes, pequeñín.

Pierre le mira de frente.

—*Je ne pense pas* hacerlo, grandullón.

Lola, susurrando un grandullón entre risas, le arrebata la pelota para devolverla al pabellón del colegio.

—¿Estos dos *fantastiques* ejemplares son pareja? —pregunta Pierre a Olga antes de entrar en clase.

—¡Y qué si lo fueran! —contesta ella con autoridad—. Ese no es tu problema.

—Solo era una simple información, compañera Olga —dice Eructil mirándola divertido.

# 2



—¡Qué raro! No ha venido Pedro —susurra Sonia al oído de Juan cuando entra el profesor de Matemáticas—. ¿Te acuerdas de que te hablé de él? Estaba conmigo en las clases de apoyo de esta asignatura.

Don Matías, un hombre corpulento de barba descuidada y un ojo un poco viajero, parece casi un ogro de cuento.

—Buenos días a todos —dice con voz potente—. Supongo que ya me habrán visto por el patio alguna vez, pero ahora van a tener la oportunidad de conocerme más directamente. Imagino que también habrán oído decir que soy un hueso, pero quien lo dicc, miente, ¿realmente les parezco a ustedes un hueso?

Se pone de perfil para que sus alumnos puedan ver su poderosa barriga. Hace caso omiso de las risas y continúa.

—Después de este chiste fácil, querría presentarme...

Una voz le interrumpe.

—*Facile,* pero ingenioso, señor.

Don Matías, como le gusta que le llamen, se baja las gafas para poder escuchar mejor al gracioso.

—¿Cuál es su nombre, señor alumno?

—Pierre Arceneau, caballero. ¿Ahora sería tan amable de decirme el suyo?

Nadie se atreve a respirar, conmocionados por la valentía del nuevo.

—No he terminado, señor... ¿Arceneau?, un apellido francés, ¿no es así? Si es usted tan amable, dígame, por favor, el segundo. —Don Matías lo fulmina con la mirada.



—Estévez, Bermitz... ¿Sigo?

—Por supuesto que no, señor alumno, nunca he soportado a los listillos y menos el primer día de clase, así que no quiero volver a oírle por lo menos hasta después de haber explicado en qué consiste mi temario.

—Entendido, *mon* capitán.

Ahí sí que todos explotan, hasta a Ramón se le escapa la risa.

—¿Sabe qué le digo, señor Arceneau? —la voz de don Matías tiene un pequeño temblor—. Salga usted de mi barco hasta nuevo aviso. Y ahora —sigue en cuanto se cierra la puerta tras Pierre—, sin las interferencias del grumete, procederé a explicarles en qué consiste el temario. Tengo un verdadero interés en que ustedes aprendan a querer mi asignatura, a divertirse calculando, a pensar... Si ponen un poco de su parte, yo les aseguro que pondré un mucho de la mía. Y ahora, mientras paso lista, ya que soy de la antigua usanza, podré conocerlos un poco más. Sonia Abal.

Sonia ya no siente miedo a levantarse y menos con Juan a su lado. Se esfuerza para que su voz resulte audible. Una alumna de 1.º de la ESO no puede permitirse que no la escuchen.

—¿Qué tal se lleva usted con mi asignatura, Sonia?

—Regular, don Matías. —El silencio le ayuda a expresarse con tranquilidad—. El año pasado tuve que ir a clases de apoyo y ahora empiezo a entenderlo todo un poco mejor, pero supongo que me tendré que esforzar bastante si quiero aprobarla.



—Una respuesta inteligente, Sonia. El esfuerzo es fundamental para cualquier cosa que uno quiera conseguir, no deje de preguntar lo que no entienda y verá cómo todo se aclara para usted. Puede sentarse. —Mira el listado con atención—. Pierre Arcenau... Vaya, creo que ya he tenido el placer de conocerlo. —Fuera está cayendo tanta agua que el profesor se ablanda y señala a Alba—. Dígale a su compañero que pase, hoy no es el día indicado para navegar en mar abierto...

En la puerta no hay nadie. Y por lo que pueden observar desde clase, a pesar de la lluvia, tampoco se le ve en el patio.

—No está, don Matías —dice Alba al entrar.

—Encima de gracioso, osado, no se preocupe, antes o después aparecerá. Estará guarecido en cualquier sitio...

Lola interviene.

—Es su primer día en este colegio, don Matías, no creo que conozca muy bien el sitio.

Si el profesor empieza a preocuparse, no se le nota nada, así que sigue pasando lista.

—¿Usted es nuevo, verdad? —pregunta cuando le toca el turno a Juan.

—Sí, don Matías.

—Pues bienvenido, entonces. ¿Y qué tal se le dan las matemáticas? ¿Le gusta mi asignatura?

Un silencio general escucha atentamente.

—Sí, me gustan, y creo que no se me da del todo mal, pero puede que no esté a la altura de los demás. Hace casi dos años que me operaron las piernas y desde entonces solo he estado en hospitales y en rehabilitación. Como mi madre es profesora, me daba clases diarias, y Ciencias y Matemáticas eran mis dos asignaturas preferidas. Ahora también lo es la Lengua. —Mira con simpatía a su amiga.

Don Matías sonríe ajustándose las gafas

—¿Cuál es su país de origen, hijo?

Juan no tiene problema en hablar de sí mismo, es una de las cosas que Sonia más admira, la naturalidad con que se expresa aún hablando de situaciones difíciles.

—Soy de Etiopía, señor. Cuando mi madre adoptiva, Inés, vino a buscarme, yo era un niño abandonado, me arrastraba en vez de andar, estaba desnutrido y con un problema intestinal grave debido a la mala alimentación y a la falta de cuidados.

Toda la clase sigue en silencio, Rosalía levanta la mano.

—Su madre, Inés, fue nuestra profesora de Lengua el curso pasado. Gracias a ella aprendimos muchas cosas, y ahora, después de oír esto, todavía nos parece más maravillosa.

Olga arranca con un aplauso que toda la clase corea. Don Matías, después de un momento, pide silencio. Aunque parece un profesor serio, se le nota interesado.

—Tuve el placer de conocer a Inés el curso pasado, pero gracias por la aclaración. Bueno, alumnos —carraspea—, mis primeras impresiones son bastante favorables; intuyo que este va a ser un curso prometedor, y estoy seguro de que Juan se pondrá a la altura mucho antes de lo que cree; parece un chico inteligente. Y ahora, sin más preámbulos, vamos a acabar con el listado antes de que suene el timbre: Lola Vázquez.



Lola, ya preparada, se levanta de un salto.

—Me encantan las matemáticas, don Matías. Puede preguntárselo a Álvaro, nuestro tutor, siempre saqué sobresaliente con él.

—Usted misma me lo demostrará número a número, Lola; no necesito que nadie más me lo cuente.

Unos golpes en la puerta hacen a todos volver la cabeza.

—¿Puedo *passer, monsieur* don Matías?

La cabeza de Pierre chorrea como la de un pollo mojado, y antes de que el profesor intervenga, el timbre suena con ferocidad.

—Más bien debe usted pasar —ruge el profesor recogiendo sus cosas—, hace tiempo que lo echamos de menos. ¿Dónde estaba, si se puede saber?

—Recorriendo las instalaciones, *monsieur* don Matías, necesito orientarme en mi nuevo lugar de trabajo.

Las risas obligan a levantar la voz.

—Ya hablaremos usted y yo en otra ocasión, pero antes grabe bien en su cabeza que soy don Matías, sin más formalidades, ¡y haga usted el favor de ocupar su sitio para dejarme el camino libre!

—¡Que hombre más *rare!* —resopla Pierre, secándose la cabeza con el jersey mojado.

—¡Mira quien fue a hablar! —salta Ramón.

—¡Eso! Os expresáis prácticamente igual —se ríe Pilar—. Con la diferencia de que él, de momento, es tu capitán, y tú, un simple grumete, deberías cortarte un poco, si no quieres terminar expulsado. Acabas de llegar al instituto y ya te has hecho notar...

—Y no precisamente para bien —suspira Olga.

Pierre suelta un pequeño eructo explicativo.

—Eso no me preocupa, *mes camarades*, soy un buen *étudiant* y los profesores se darán cuenta enseguida.

—No basta con ser un buen estudiante —dice Ramón, en el momento en que Lidia entra en el aula con una enorme carpeta en sus brazos.

# 3



Lidia no parece la misma Lidia que todos recuerdan: ha perdido muchos kilos y todavía se la ve más menuda que antes. Su ropa cuelga de su cuerpo como si no perteneciera a él; y hasta su voz, esa voz monótona pero poderosa, parece debilitada y sin fuerza.

—Me alegro de volver a veros, aunque ya casi no os conozco. Habéis crecido tanto... Dime, Lola.

Lola se levanta.

—Ojalá que tu madre haya mejorado, Lidia.

La profesora parece incómoda.

—Pues no, Lola; falleció este verano. Y ahora, ¿queréis abrir vuestro libro nuevo, por favor? Buscad el índice.

Todos abren el libro avergonzados, sin mirarla apenas.

—Como veréis, este será nuestro temario: seguiremos con la ortografía, analizaremos las oraciones, aprenderemos los distintos géneros literarios, más adelante tocaremos el verso, las poesías de los clásicos, tendremos un primer contacto con los escritores...

Sonia se siente triste por Lidia, ella sabe lo que es perder una madre, pero también se siente triste por ella misma. Recuerda con tanto cariño las clases de Inés que no puede evitar echarla muchísimo de menos.

—Hay dos alumnos nuevos, profe —le apunta Lola.

—Gracias, Lola. ¿Queréis levantaros, para que os pueda conocer?

Sonia mira cómo Juan y Pierre se levantan a la vez.



—¿Vuestros nombres?

—*Je suis* Pierre, *madame* Lidia, un placer conocerla —se arranca Eructil con un movimiento de cabeza.

—*Bienvenu*, Pierre —contesta Lidia un poco desconcertada, y, a continuación, señala a Juan con la mirada.

—Me llamo Juan Ubalde.

—¿Has venido a nuestro país por unos meses o por tiempo indefinido? —pregunta.

—Vivo aquí desde hace cinco años.

—Pues bienvenidos los dos, y, ahora, vamos a empezar con la clase, podéis sentaros.

Lidia escribe en la pizarra una frase.

—Vamos a hacer un análisis sintáctico. Supongo que recordaréis algunas de las oraciones que analizamos antes de mi baja: sustantivo, verbo, predicado... Y supongo también que los hicistéis con mi sustituta.

—Prácticamente no hicimos análisis —apunta Lola.

—¡Cómo que no! Hemos analizado muchísimas cosas —se ríe Pilar.

El sentido del humor de Lidia brilla por su ausencia.

—A ver si os ponéis de acuerdo. ¿Sonia?, levántate, por favor. Y explícale a tus nuevos compañeros qué es lo que habéis dado con mi sustituta durante mi ausencia, espero que sepas explicarte. Ya no eres una alumna de Primaria.



Se escuchan murmullos de fondo.

—Si la asustáis así, la intimidaréis a la pobrecita. ¡VENGA, adelante!

Sonia nota que todos la miran con simpatía cuando se levanta, pero sobre todo la hace sentir segura la mirada de Juan.

—Lo que hemos hecho con Inés ha sido expresar nuestras opiniones por escrito, hemos aprendido a hacer rimas, a resumir...

La boca de Lidia permanece asombradamente abierta.

—A ser mejores compañeros... —sigue Olga.

—A ser más sensibles... —dice Rosalía casi emocionada.

—A descubrir el placer de la lectura... —continúa Lola, divertida.

—Sobre todo tú —se burla Ramón.

Lidia da tres golpes en la mesa como es su costumbre, con la boca todavía

totalmente abierta. No se puede creer lo que ha sucedido con su clase, pero menos aún lo que ha ocurrido con su pequeña Nata.

—*Madame*, ¡eh! —se escucha de pronto a Pierre—. Sí, me refiero a usted señora, si no cierra la boca es posible que le entre polvillo de la tiza o, si se tercia, algún *insecte*.

—¡Tú también deberías cerrarla para no faltar al respeto a una profesora! —se indigna Ramón imitando su «r» francesa.

El desconcierto de Lidia va en aumento. Pero eso no le impide reaccionar a tiempo.



—¡Silencio, Ramón! Tú, sal de clase, chico maleducado, ¡ahora mismo!, y no vuelvas hasta que yo lo diga.

Eructil se levanta con tranquilidad y antes de cerrar la puerta se atreve a insinuar:

—¿Quiere usted señora que me quede aquí o…?

—¡No se mueva de la puerta si no quiere hacerle una visita al director!

—No hace falta que se altere, *madame,* ya lo he entendido.

—Se llama Lidia —dice Pilar casi enfadada.

Parece que Pierre empieza a perder adeptos.

Realmente estoy asombrada, Sonia —dice Lidia en cuanto recupera la calma—. En todo este tiempo has cambiado mucho. No pareces para nada la que eras, y si todo eso se debe a esa profesora, aun habiéndose salido del temario, la felicito. Pero también quiero que sepáis —hace una seña a Sonia para que se siente— que yo no soy ella ni pienso serlo. Un temario es algo muy serio, y uno no puede invertir su tiempo en enseñar a sus alumnos cómo expresar sus opiniones, eso parece más bien una actividad extraescolar y no una clase de Lengua propiamente dicha.

—La verdad, profe —levanta la mano Lola—, yo estoy haciendo menos faltas que antes, muchas menos, y eso sin que Sonia me ayude a corregirlas, y debe ser porque este verano me he leído un libro y medio.

Lidia no puede creerse lo que está oyendo. Carraspea con nerviosismo.

—Y yo —se levanta Rosalía poniéndose un poquito colorada— he empezado a escribir poesías.

—¡Eso es porque está enamorada! —salta Manu.

Antes de que se paren las risas, se escuchan dos golpes en la puerta y Pedro pide permiso para entrar.

—¿Puedo pasar, Lidia?

La profesora respira profundo y asiente casi complacida de la interrupción.

—Vamos a permitírtelo por ser el primer día, Pedro. ¿Has pasado por secretaría para justificar tu retraso?

—No —contesta avergonzado.

Sonia querría hacerle un gesto de saludo, pero Pedro tiene la cabeza demasiado baja para verla y se sienta atrás del todo en una mesa solitaria.

Ella ha sido siempre una persona muy observadora, por eso se da cuenta de que algo le pasa a su amigo. Aunque nunca fue demasiado cuidadoso con su aspecto, ahora parece sucio y desastrado.

—Hola, Pedro —susurra cuando consigue encontrar su mirada.

—Hola —contesta él desviándola enseguida.

La clase continúa y todos se dan cuenta, con ojos de sueño, de que a pesar del tiempo transcurrido, Lidia no ha cambiado nada; y si no fuera porque habla sin parar podría decirse que ella también está a punto de quedarse dormida.

Cuando suena el timbre, salen todos sin ni siquiera fijarse en Pierre, que, sentado en el borde de un macetero y apoyado en la pared, está completamente traspuesto.



—¡Eh, despierte, Eructil! —se burla Pilar—. La señora Lidia acaba de salir y estamos a punto de iniciar un placentero recreo.

Pedro esquiva como puede a sus compañeros sin ni siquiera saludarlos.

—Pedro —grita Manu metiéndose tres chicles en la boca—. ¿No quieres conocer al famoso Eructil? Creo que es capaz de emitir treinta o cuarenta...

—Por favor, Manu —se defiende este—, baja el tono si puedes, necesito un poco de tranquilidad para despertarme. Y ¿acaso crees que estoy loco? Si fuera capaz de llegar a ese récord, saldría en el *livre* Guinness, chaval, ¡y en portada! Y deja a tu amigo en paz, no parece demasiado interesado en nuestra compañía.

—Algo le pasa a Pedro —comenta Sonia preocupada—, él no es así.

—La verdad es que parece que ha dormido en un contenedor de basura —si-

gue Pilar arrugando la nariz.

—Y mira la ropa que lleva. ¡Qué asco, por favor! —dice Olga.

Sonia va a intervenir pero se le adelanta Rosalía.

—No deberíais hablar así, no sabemos qué le pasa. Igual sus padres no tienen trabajo.

—¿Ni agua para lavarse?

Pierre simula un bostezo gigante.

—La ropa, llevad por favor ese tema intrascendente un poco más lejos de mi oreja, *je suis* aburrido...

—No entiendes nada —dice Pilar—. Olga tiene razón, no criticamos su ropa sino lo sucia que la lleva.

Juan parece pensativo.

—Yo he pasado momentos en los que no he tenido nada limpio que ponerme. Hay que conocer la situación que te obliga a eso.

—Es verdad —le apoya Sonia.

—No creo que la de él sea la misma situación que la tuya, Juan; en su caso no se justifica el estar sucio. Sé dónde vive y puedo asegurarte que en su casa hay agua corriente —dice Pilar mirándolo con simpatía.

—¿Por qué no dejáis en paz a ese chico? —suelta Pierre, molesto—. Nadie diría que es vuestro amigo.

Sonia ya no los escucha, solo mira la cara desolada de su amigo apoyado en una pared.

—¿Qué tal, Pedro? —dice acercándose.

—Bien —contesta él volviendo a esquivar su mirada—, voy al baño.

—Pues date prisa que va a tocar el timbre y si vuelves a llegar tarde, te pondrán un negativo.

Es lo último que parece importarle a Pedro esta mañana.

# 4



Después de la clase con Rafa, resulta interesante la conversación con Álvaro para aclarar dudas y quejas.

—¿Por qué no sigues tú con Matemáticas? —protesta Lola—. Don Matías nos trata de usted y Manu dice que es un hueso.

Álvaro sonríe a su alumna preferida.

—De momento tengo suficiente con desasnar a tres cursos de Primaria, pero no le hagáis demasiado caso a Manu. Don Matías es un *crack* de esta asignatura, y seguramente aprenderéis mucho más con él que conmigo; aparte de que os tendrá derechos como velas, lo cual es muy de agradecer.

Pierre levanta la mano.

—Las velas no siempre están derechas, don Álvaro.

—Es solo una forma de expresarme, señor Arceneau —dice el tutor empezando a resoplar.

—Pues si me permite...

—¡NO SE LO PERMITO! No voy a permitirle ni esto. —Señala la yema de su dedo índice—. En solo una mañana ha sido usted expulsado dos veces y tres cuartos, está usted llenando el otro cuarto para llegar a la tercera expulsión, y si esto sucede —empieza a ponerse rojo—, dudo que pueda volver a sentarse en esta aula. Y en cuanto a sus repugnantes habilidades eructiles...

Aquí ya nadie puede contenerse, toda la clase, comenzando por Manu, estalla en risas. Hasta Pedro parece integrarse.

—Sigue tú por mí, Manu, ya que te ha hecho tanta gracia, dile a tu nuevo compañero lo que debe hacer con sus habilidades.



Manu no puede dar su opinión, porque Pierre se levanta casi indignado.

—No necesito que *mon camarade* me recuerde lo que debo hacer, don Álvaro. Seguiré su consejo de no deleitarlos en clase —las carcajadas son escandalosas, y Eructil se abre camino como puede—, pero fuera de ella, en los ratos de ocio, nadie puede prohibirme expresarme con libertad.

—¿Estás seguro? —pregunta Ramón con chulería, ante el pasmo de Álvaro que sigue la conversación intrigado.

—Segurísimo. ¿O es que acaso yo me meto o interfiero en tu adicción a los balones?

Ahí sí que hasta el tutor no puede contenerse. La clase es un río de carcajadas que deben de oírse hasta en la sala de profesores.

—Supongo, Pierre —dice Álvaro después de coger aire—, que nunca te habrás encontrado una clase como esta. Yo empiezo a pensar que tampoco.

No sé exactamente si a vuestro compañero novato le pasará lo mismo.

—*Je ne sais pas,* don Álvaro —contesta con educación—, es prematuro darle una opinión fiable.

—La esperaremos con interés. Mientras, dígame, ¿cuántas veces ha cambiado usted de colegio? ¿O en cuántas ocasiones le han obligado a mudarse?

Pierre se para a pensar.

—Pues en mis casi trece años de vida, creo que este es mi séptimo *école* sin contar el preescolar.

—No está mal, pero que nada mal, imagino que usted no se adaptaría a los centros y ellos no se adaptarían a usted, debido a sus... —Se para en seco al ver la cara divertida de sus alumnos—. ¿Me equivoco?



—*Oui*, don Álvaro, totalmente —dice Pierre levantándose—. La comunicación entre los centros y yo ha sido inmejorable. Hace casi tres meses que he vuelto de la India y todavía mantengo un contacto estrecho con alumnos y profesores.

—¿Has estado en la India? —pregunta interesado Ramón, antes de que Álvaro pueda intervenir.

—Exactamente en Delhi, y ahí mejoré mi récord en casi siete eruc...

Álvaro pide silencio.

—Esa parte se la ahorra —dice con seriedad mirando a toda la clase—, y tú, Ramón, por favor, cuando quieras intervenir en una conversación entre otro alumno y yo, levanta la mano. Y usted, ya nos contará algún día sus experiencias en ese país, ahora limítese a permanecer atento y en silencio.

—¿Puedo hacerle una pregunta antes de terminar, don Álvaro? ¿Por qué no me tutea usted como a los otros alumnos?

—Lo haré —ordena silencio el tutor—, en cuanto usted deje de llamarme don Álvaro.

—Ya comprendo, *monsieur* —remata el nuevo, sentándose sin mirarle.

Es imposible. Pierre Arceneau, alias Eructil, es, efectivamente, un ser de otro planeta, piensa el tutor tratando de aplacar el terremoto de risas que hace temblar su clase, mientras el origen de ellas permanece perfectamente sentado en su asiento sin parecer enterarse de que fue él quien las provocó.



—Bueno, podéis ir recogiendo en silencio, creo que por hoy habéis terminado la jornada escolar. Os sugiero que compréis una agenda para ir apuntando todo lo que debéis hacer a diario, sé que no la seguiréis como deberíais, pero al menos será un recordatorio eficaz. Y para mañana...

Lola levanta la mano para protestar.

—¿Ya?, si es solo el primer día... Además, ¿qué deberes nos va a poner un tutor?

—Para mañana, Lola —repite Álvaro con firmeza—, traed de casa las risas justas para utilizar en el recreo, ¿entendido?

—*Oui, monsieur* —dice Pierre, antes de cerrar la puerta con delicadeza—. *Pardon,* profesor...

—¡Álvaro y punto! —contesta el tutor deseando más que nunca el consuelo de su pitillito.

# 5



Cuando salen, llueve a cántaros, y con las prisas, Sonia no ha cogido el paraguas.

—Te llevamos nosotros —sonríe Juan—, todavía no hemos comprado el bono del autobús y mi madre ha quedado en recogerme. Mira, ahí está.

Inés les hace una seña para que se den prisa.

—¿La acercamos a casa, verdad, mamá?

—Claro, ¿qué tal vuestro primer día?

Los dos se roban las palabras uno a otro. Hay tanto que contar… Eructil se lleva la palma.

—¿Ha venido de la India? Pues, seguramente, su padre o su madre habrán estado destinados allí, y, posiblemente, si ha estado en contacto con culturas orientales, eso también explicaría —a Inés se le escapa la risa— su afición desmedida a los eructos.

—¿Por qué? —preguntan casi a la vez Nata y Chocolate.

—En esas culturas, el eructo no es de mala educación, sino el agradecimiento de una sabrosa comida, por ejemplo.

De pronto ven a Pierre subirse a un coche que le espera aparcado en la salida.

—¡Mira, mamá, es ese! Qué matrícula tan rara tiene el coche al que sube —grita Juan.

—¿A ver? «CD». Ah, creo que esto lo aclara todo —sonríe Inés—. Esa matrícula indica que es un coche del cuerpo diplomático y que sus padres deben de trabajar en una embajada. Eso explicaría que haya cambiado tantas veces de colegio y de país. Seguro que tendrá muchas cosas interesantes que contaros.



—Si no lo expulsan antes del colegio —se ríe Juan—. No creo que dure mucho aquí; hoy lo han echado tres veces de clase, y eso que es su primer día, pero la verdad es que es muy simpático.

—Sí —sigue Sonia sin perderlo de vista.

Inés la mira con cariño por el espejo. ¡Cómo ha cambiado su niña!

—No creo que lo expulsen; de momento estará adaptándose al cambio de cultura y por eso aún no controla demasiado el trato entre el profesor y el alumno y viceversa, pero enseguida lo hará. Por cierto, ¿ese no es Pedro? —dice tocando la bocina para avisarle—. Se está empapando, vamos a acercarle hasta su casa.

Pedro hace como si no les viera y cruza la calle hasta meterse en un soportal.

—No sé qué le pasa, está muy distinto a como era antes —dice Sonia preocupada—. Apenas nos ha saludado y ha llegado tarde y con la ropa muy sucia.



Inés piensa que, efectivamente, eso parece raro. Recuerda a Pedro como un niño tranquilo y bien adaptado.

—Ya llegamos —dice parando el coche delante de la casa de Sonia—. Saluda a todos de nuestra parte.

Desde que Juan y ella se conocen, pasan algunos sábados o domingos juntos.

—Se lo diré. Hasta mañana, Juan.

Toda la escalera huele a comida, y Sonia tiene tanta hambre que, entre tantos olores, enseguida distingue el pastelón de carne de su abuela.

—Hola, hija —dice ella al oírla entrar—. ¿Qué tal en el colegio?

—Bastante bien, tenemos un profesor nuevo de Matemáticas y ha vuelto Lidia, la profesora de Lengua; y, además de Juan, hay un nuevo alumno que se llama Pierre y es francés.

—¿No me harías un favor? —está tan atareada que casi no escucha—. Con lo que cae no he bajado a por el pan y tu padre debe de estar al llegar. ¿Querrías ir a por una barra?

—Claro, abuela, ahora mismo bajo.

—¡Lleva el paraguas!

Al entrar en la panadería se encuentra con Pedro y no puede reprimir un grito de alegría.

—¡PEDRO!

Aunque imagina que no vivirá lejos, es la primera vez que lo ve por allí.

—Hola —dice él avergonzado.

—¿Qué quieres, chaval? —pregunta Antonio el panadero.

—Dos empanadillas de carne —contesta casi sin voz mientras rebusca en sus bolsillos con ansiedad—, pero creo que me he dejado el dinero en casa.

—Coge las que te gusten y ya me pagarás —dice Antonio con una sonrisa—. ¡Y ponte a cubierto!

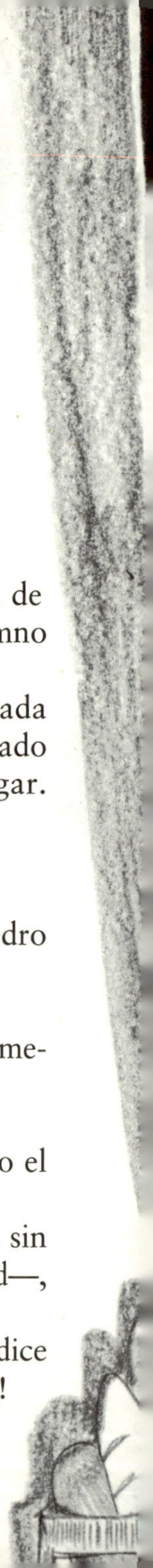

—Gracias —contesta él dando un mordisco voraz a la empanadilla—. Adiós, Sonia.

—¿Este chico no es el hijo de Dina, la bordadora? —pregunta una señora de la cola al verle salir—. Hay que ver la mala suerte que tiene la mujer... Primero, cría al hijo sin padre y, después, se junta con ese que no parece precisamente trigo limpio —baja la voz mirando a Sonia—. Dicen que desde que el hombre se quedó sin trabajo bebe demasiado, siempre anda dando tumbos, ella no sale a la calle ni para hacer la compra, pero se comenta que tiene al chiquillo tirado como a un perro, solo hay que ver cómo va...



El corazón de Sonia late con tanta fuerza que hasta le resulta difícil oírles.

—¿Y qué culpa tiene el chaval de los líos de los padres, digo yo? —sigue otra señora mientras todos asienten.

—¿Y tú de qué lo conoces, guapa? —pregunta alguien.

—Va a mi colegio —dice Sonia.

—Pues a ver si se lo dices a los profesores, para que hablen con los servicios sociales y lo lleven a un centro; hay que alejarlo de ese ambiente si no quieren tener cualquier día un disgusto.

Sonia no cree lo que acaba de oír. Ni siquiera se entera del chaparrón que está cayendo, por eso tampoco escucha los gritos de la abuela cuando la ve llegar empapada.

—¿Pero te has dado cuenta de cómo vienes? Cámbiate ahora mismo de ropa y de calzado, y siéntate a la mesa. ¡¿Pero qué le has hecho al pan?! Parece que lo has metido debajo del grifo, para una vez que te pido algo —refunfuña.

—¿Te pasa algo, hija? —pregunta su padre que ha debido de llegar hace muy poco porque todavía tiene la gabardina puesta.

Ella no puede contarlo. Por lo menos en este momento en que siente por Pedro una pena enorme.

# 6



La tarde ha pasado mucho más lenta que otras veces, y eso que Sonia se ha entretenido organizando su agenda y forrando los libros. Sentada en la mesa camilla del salón y con el ruido de la tele de fondo, no puede dejar de pensar en Pedro.

—Estás muy callada —dice la abuela levantando la vista de la calceta—. ¿No te habrás resfriado, verdad?

—No, abuela.

—¿Te apetece merendar?

Sonia vuelve a decir que no con la cabeza, acordándose de las dos empanadillas que seguramente es lo único que va a comer hoy su amigo.

—¿Cuándo vuelve papá?

—Pues como siempre, hija, tarde.

Si su padre y Juan estuvieran en casa, todo sería más fácil, podrían comentárselo a Inés y seguro que entre todos encontrarían una solución...

—Abuela, voy a bajar un rato a la calle, tengo que comprar pegamento.

—Lleva el paraguas y no tardes, casi está anocheciendo. ¿Y adónde vas sin dinero, mujer?

Mientras espera a que la abuela coja el monedero, se acuerda de la frase de Pilar, cuando comentaban lo sucio y descuidado que estaba Pedro: «Yo sé dónde vive», había dicho...

Corre hasta su cuarto y busca en el cajón de la cómoda un pequeño cuaderno donde apuntó el curso pasado los números de Olga, Rosalía y Pilar. Su corazón empieza a galopar cuando consigue hablar con ella.

—¿Tú sabes dónde vive Pedro? —habla en voz baja para que no le oiga la abuela—. Es que nos encontramos en la panadería y se le ha caído la agenda... Quería llevársela a su casa si es que vive cerca.



—¿Por qué no se la das mañana en clase? —pregunta Pilar sorprendida.

—Es que voy a salir a comprar pegamento y, si queda cerca, se la puedo llevar.

¡Glup!, casi pillada.

Pilar no sabe exactamente el número de la calle, pero sí recuerda que había una zapatería en la esquina, y también una confitería casi al lado del edificio. El piso cree que es el tercero, pero tampoco está segura.

—Su madre borda y también arregla ropa, es muy simpática y muy dulce, mi madre dice que tiene cara de niña.

Ha parado de llover y Sonia empieza a andar. Recuerda perfectamente dónde está esa zapatería, pero aunque encuentre la casa, no sabe muy bien cómo puede ayudar a su amigo.

—¿Usted sabe dónde vive una bordadora? —pregunta a la dependienta de la zapatería, que la mira con curiosidad.

—En el edificio de aquí al lado, 3.ºD, pero hace tiempo que no la veo salir a comprar, no creo que siga trabajando. Si es para algún arreglo, puedo darte el teléfono de otra mujer que conozco y...



—No, muchas gracias —dice con una sonrisa resuelta—, tengo que darle un recado a su hijo.

Y sale antes de que la mujer le pregunte más cosas.

Desde la calle se ven perfectamente los pisos. Sonia cuenta mentalmente hasta el tercero.

—No debe de haber nadie —piensa—. Todos tienen luz menos ese.

Pero sí hay alguien, porque de pronto se abre la puerta que da al balcón y una silueta que podría ser Pedro esconde algo en lo que parece un macetero. Después vuelve a la oscuridad de su casa.

Sonia no acaba de entenderlo del todo, pero intuye que pasa algo. La frase «Nata y Chocolate invencibles» llega para consolarla justo cuando cae un chaparrón y abre el paraguas para no empaparse.

—Perdón —dice al tropezar con un hombre corpulento que ni la contesta.

Algo parecido al aleteo del antiguo murciélago baila en su barriga hasta casi provocarle una arca-

da. Sin saber por qué, presiente que ese hombre tambaleante tiene algo que ver con los problemas de su amigo Pedro.

«Ojalá que todo esté bien», piensa, deseando llegar a su casa más que nunca.

Mientras bebe la leche demasiado caliente que le ha preparado la abuela, observa a su padre.

—Papá —dice—, ¿podemos hablar un momento?

—Pues claro, hija, en cuanto ayudemos a la abuela a recoger me cuentas lo que quieras.

—A mí no me hace falta ayuda, Carlos, es mejor que escuches a tu hija; lleva toda la tarde ensimismada y yo no tengo otra cosa mejor que hacer.



—Podrías ir a clases de bailes de salón, Carmen. He visto un anuncio en el ayuntamiento y creo que quedan muy cerca de aquí —se le ocurre a su padre enganchándola de la cintura.

Las risas hacen que Sonia se olvide momentáneamente del problema de Pedro, es muy divertido verlos bailar por el comedor.

—¡Qué bien bailas, papá, y tú también, abuela!

—¿Tú crees? Pues entonces me voy a pensar muy seriamente lo de las clases —dice Carmen jadeando mientras se sienta en la butaca y coge la calceta—. Acabad vosotros lo que queda, este hombre me ha dejado para el arrastre.

Sonia no sabe exactamente por dónde empezar, así que le cuenta todo desde el principio.

—¡Pobre chico! —suspira su padre—. Quizás tienen razón en la panadería y sería bueno ponerse en contacto con una asistente social.

—No me parece una buena idea llamar a alguien, papá. —A Sonia se le humedecen los ojos—. ¿Por qué no le ayudamos nosotros?

Sonia siente el brazo poderoso de su padre atrayéndola hacia sí.

—A veces no es fácil, hija, no tenemos experiencia y ni siquiera sabemos lo que pasa…

—Por eso mismo, antes de llamar a alguien desconocido tenemos que ofrecerle nuestra ayuda. Seguro que si se lo contamos a Inés y a Juan, se les ocurre algo. Podríamos llevarles comida y lavarles la ropa.

De pronto recuerda en voz alta que no había luz en su casa.

—Seguramente se la cortaron por no pagar y eso explicaría también que Pedro vaya sucio al colegio. ¡Pobre gente! —responde su padre.

—Mi amigo Juan lo dijo, papá —responde Sonia con una lágrima resbalando por su cara—: siempre hay que conocer la situación que te obliga a no lavarte.

—Es que Juan también es una persona sensible que lo ha pasado muy mal… Puede que tengas razón, tesoro, hablaremos con Inés y con quien haga falta para que todo se arregle. ¡Ah!, y mañana prepara un buen bocadillo y coge algunas de las magdalenas que hizo la abuela. Cuando no te vea nadie, en el recreo, por ejemplo, mételo todo en la mochila de Pedro. La comida y —abre su cartera— estos veinte euros, seguro que de algo servirá.

—Gracias, papá —dice más tranquila.

Cuando Sonia se mete en la cama, vuelve a darse cuenta de lo importante que es contar con alguien para pedir ayuda cuando se tiene un problema, y los ojos se le van cerrando despacito…

# 7



—¿Pero se puede saber qué estás haciendo?

—Cogiendo cosas para el recreo, abuela.

—Cosas para toda tu clase, por lo que se ve. ¡No corras tanto!

Sonia ya no la escucha cuando cierra de un golpe la puerta de entrada.

Juan está hablando con Lola y Rosalía, y le hace señas con la mano.

—Está a punto de entrar Lidia, ¡venga!

—Tenemos que hablar —dice en un susurro.

—Hoy tampoco huele a empanadilla, me habéis defraudado —dice Pierre olfateando el aire como un perrito.

—No huele a empanadilla todos los días, tonto —se ríe Pilar.

Lidia los mira con apatía.

—Deberíais venir bien desayunados de casa, no es hora de hablar de empanadillas. Y ahora, vamos a trabajar: página nueve…

Pedro todavía no ha llegado, y Sonia está tan inquieta y tan preocupada que ni siquiera se ríe como los demás.

—Perdón, Lidia —dice Pedro cuando aparece veinte minutos después, mientras abre la puerta y se dirige a su sitio.

—Esperemos que mañana vengas más aseado y no se te peguen las sábanas, porque, si es así, te vas a dirección a buscar una carta para tus padres. ¿Qué te ha pasado en la cara?

Él ni siquiera responde, solo baja más la cabeza.



—¡Siéntate ahora mismo y coge tu libro! ¿No lo has traído? —protesta la profesora—. Haz el favor de no hacernos perder más tiempo y compártelo con algún compañero. ¡Y el próximo día lo quiero ver encima de tu mesa!

—¡Hazme un sitio, *mon homonyme,* si me lo permite la señora Lidia! —dice Pierre levantándose para sentarse a su lado—. Página nueve...

Si las risas están a punto de explosionar, lo impide la seriedad de Lidia.

—¿Cómo lo has llamado, Pierre? —pregunta.

—¿No lo he pronunciado bien? *Homonyme*, tocayo en español —aclara—. ¿Pierre y Pedro, se da cuenta? Página nueve, ¿verdad?...

—¿Quieres ocuparte tú de la clase, Pierre? —dice acercándose lentamente—. Porque sí es así, no te lo voy a permitir...

Pierre niega enérgicamente con la cabeza.

—Nada más lejos de mi intención, señora Lidia. ¿Quiere que le señale las faltas del texto?

El silencio puede masticarse.

—Una clase de Lengua no consiste solo en resolver ejercicios, sino también en usar esa misma lengua con respeto, y se ve que tú cojeas en ese punto. Puedes llamarme Lidia, como los demás, de ahora en adelante, y trata de entender que poner a alguien en evidencia puede ser muy molesto. Tu compañero se llama Pedro.

—No era mi intención ponerle en evidencia, *madame*, digo Lidia —el nombre en boca de Pierre resulta demasiado coloquial—. Aparte de ser hermanos de nombre, Pedro me recuerda a mi mejor amigo del colegio donde estuve. Tiene la misma cara inteligente y creo que una personalidad parecida. Le pido perdón si me he dejado llevar por mis emociones, todavía tengo mucha añoranza de lo que he dejado atrás. Tú tranquilo, *mon ami* —dice ofreciéndole la mano.



Sonia, completamente desconcertada, mira cómo Pedro estrecha la mano que le extienden mientras Lidia les observa con suspicacia.

—Está claro que si yo lo permitiera, Pierre, que no lo voy a hacer, tendrías cuerda para rato. Vamos a seguir con lo que estábamos.

La clase continúa, y Sonia no puede evitar girar la cabeza hacia atrás con disimulo de vez en cuando. La personalidad de Pierre parece

envolver a Pedro con tanto cuidado como él necesita en este momento, y Sonia siente un enorme agradecimiento hacia el rey de los eructos.

—¿Qué estás mirando todo el tiempo? —susurra Juan a su amiga.

—En el recreo te cuento —contesta Sonia con un dedo en los labios.

Cuando suena el timbre, Pierre ha acogido a Pedro con gran efusividad y, entre eructo y eructo, comparte con él una bolsa gigante de patatas fritas y un refresco.

—¿Qué querías contarme? —pregunta Juan.



Sonia le pone al tanto y la reacción de su amigo es inmediata.

—Tenemos que ayudarle ahora mismo entre todos.

—¿Qué quiere decir «entre todos»?

Juan la mira fijo.

—Toda la clase debe colaborar, Pedro es problema nuestro.

La espontaneidad es uno de los rasgos más sobresalientes de Chocolate, pero ella cree que deben ir más despacio.

—¿Estás loco? Tenemos que hablar con tu madre antes de comentárselo a alguien, seguro que Pedro no quiere que nos metamos en su vida.

—Lo haremos como tú digas, pero no necesitamos meternos en su vida para ayudarlo. Basta con hacer lo mismo que Pierre.

Nata piensa que su amigo Chocolate es muy inteligente.

El número doce se escucha entre las risas de una muchedumbre de alumnos rodeando a Pierre.

—¡Mira, Eructil está actuando, vamos!

—Ve tú —le anima Sonia recordando el contenido de su mochila—, tengo que hacer algo en clase.

Afortunadamente, al llegar tarde, Pedro no ha dejado su mochila con las demás, lo que hubiera dificultado el encontrarla, sino que está apoyada en su asiento. Con dificultad, consigue hacer sitio a la comida, pero antes de que suene el timbre, la bolsa y los veinte euros están donde tienen que estar.

Pierre y Pedro han entrado juntos, y empiezan a actuar como si se conocieran de toda la vida.



—Si no te molesta —dice Pierre mirando a Sonia fijamente—, desde ahora voy a sentarme con mi homónimo. No es nada personal, claro.

La respuesta es una sonrisa tan deslumbrante que Eructil casi se desmaya.

En la clase de Inglés, la segunda de la mañana, Pierre parece tener tanta soltura como James, el profesor nativo. En clase de Matemáticas, Lola y Eructil manejan los números como si toda su vida hubiera transcurrido entre ellos, pero a la hora de calcular, él es más rápido. En clase de Música, Rafa, el profesor, se emociona con el fantástico oído de este chico nuevo. Y en la última clase del día, Ciencias de la Naturaleza, Lourdes, la profe del tatuaje de estrella, se enfrenta a una discusión que parece no tener fin.

—Me parece inútil que sigas discutiendo, Pierre, puedo asegurarte que no hay tiburones vivíparos.

—Lo más frecuente es que sean ovovivíparos, *mademoiselle* —el fuerte carácter de Lourdes se refleja en su cara sin que su alumno parezca notarlo—, pero algunas especies como el tiburón toro y la tintorera lo son, y paren como los mamíferos.

Ella sonríe ironicamente mientras mueve la cabeza y Ramón suelta una carcajada antes de contraatacar.

—O sea, que según tú, ¿los tiburones son mamíferos? ¿Y dónde tienen las mamas si se puede saber?

La clase estalla en risas y es el propio Pierre el que pide silencio con la mano.

—¿Os importaría, compañeros, reíros con menor intensidad? Así no puedo explicarle a Ramón que el tiburón es un pez y no hay peces mamíferos. ¿No es cierto, *mademoiselle* Lourdes?

—Tan cierto —contesta la profesora con suficiencia— como que tampoco existe un pez que dé a luz criaturas vivas. Eso es propio de los mamíferos.

—¿Y la ballena? —preguntan Alba y Lola casi a la vez.

—La ballena es un mamífero —se ríe Ramón con todos los demás.

Pierre levanta la mano con insistencia.

—Y tú, otro mamífero, Ramón, que se va a ir fuera de clase con tu compañero. Tareas para casa —dice Lourdes levantando la voz—: escribir las diferencias entre mamíferos y peces.

—Estupendo, *mademoiselle* Lourdes, así mañana mismo le demostraré la veracidad de mi teoría. Muy amable.

—Tema rematado. —Su mano impide que el chico intervenga—. Desde este mismo momento no quiero oír ni una sola palabra y por supuesto tampoco un solo... ya sabes a que me refiero. Y ahora, podéis ir saliendo todo lo tranquilamente que podáis —dice pasando sus largos dedos por su nuevo corte de pelo dividido en mechones desiguales.

# 8



Sonia está tan nerviosa que ni siquiera saluda a Inés al entrar en su coche y tampoco da tiempo a que lo haga Juan.

—Pedro necesita nuestra ayuda, Inés. Creo que tiene un problema importante.

Ella escucha con atención, siempre lo hace.

—Lo mejor es que comas con nosotros, Sonia, así podremos hablar con más calma. Después, sobre las ocho, te acercaré a tu casa para hablar con tu padre. Le llamaré cuando lleguemos a casa.

—Vale, Inés —dice Sonia.

—Todo arreglado. No hace falta llevarla, Carlos vendrá a buscar a su hija después del trabajo —explica Inés al colgar el teléfono—. Tenemos que actuar lo antes posible —dice Inés mientras pone a hervir agua para cocer la pasta—. Si, como sospecho, es un caso de violencia de género, no podemos perder tiempo

—¿Violencia de género? —pregunta Juan desconcertado.

Esta explicación necesita todo el tiempo que haga falta.

—Nos hablaron de eso el curso pasado —dice Sonia con tristeza—, también se llama maltrato y violencia machista. Algunos de clase se reían.

—Es un tema muy serio para que provoque risa —dice Inés mirándolos a los dos—. Tan serio como que cada semana muere una mujer a manos de su pareja, y ya casi lo vemos como algo natural. Imaginaos que cada semana asesinaran a un... futbolista, por ejemplo, o a un actor famoso. ¿No creéis que el mundo se levantaría y se organizarían grupos de apoyo, habría despliegue policial? Creo que es un tema muy serio en el que también los niños son víctimas directas.



—Hoy Pedro tenía un golpe en la cara y... —recuerda Sonia asustada.

Juan se levanta casi de un salto.

—¡Tenemos que ir a su casa ahora mismo, mamá!

—O llamar a la Policía.

Inés les mira con cariño.

—No es tan fácil, chicos, no serviría de nada si no hay una denuncia previa, que no creo que la haya; y tampoco serviría de nada si no hay violencia en ese momento. Pero tranquilos, porque vamos a ayudarlos. En cuanto venga Carlos hablaremos con él y mañana sin falta iremos a su casa.

—¿Y si no nos abren la puerta? —pregunta Juan.

—Encontraremos la manera de entrar, hijo, no te preocupes. Aun así, debemos hacer las cosas con delicadeza y con cuidado, no sabemos exactamente lo que pasa y tampoco será agradable para ellos que los veamos en esa situación. En el colegio tenéis que estar a su lado, apoyarle para que sepa que sois sus amigos, pero sin meteros directamente en su vida.

Sonia sonríe mirando a Juan.

—Exactamente lo que está haciendo Pierre en este momento, tomar a Pedro como protegido. Hoy ha estado con él todo el tiempo.

—Le llama *omomimo* o algo así —se ríe Juan—. Dice que le recuerda a un amigo suyo de la India.



Inés le devuelve la risa.

—Un chico muy inteligente.

—Eso pensé yo —dice Sonia en voz baja.

—En principio —sigue Inés sirviendo la pasta—, vamos a resolver las cosas más básicas: alimentación, ropa, etc.

Ella le cuenta lo de las cosas que metió en su mochila, y también lo de la luz.

—Papá dice que es posible que se la hayan cortado, por eso su casa estaba a oscuras. Y por eso, seguramente, lleva la ropa sucia.

—A veces, resolver las cosas pequeñas ayuda a solucionar las grandes —dice Juan de pronto.

Antes de que su madre pueda aplaudir la sabiduría de esa frase, Sonia dice en voz baja:

—¿Y si no llegamos a tiempo?

Inés querría poder creer lo que dice.

—Eso no va a pasar, cariño, ya estamos en marcha...

Juan sonríe mirando a su amiga.

—¡Nata y Chocolate empezarán a actuar!

—Y serán invencibles —sigue Sonia con una voz demasiado seria para sus doce años—. ¿Te acuerdas de cuando me lo dijiste? Mi vida empezó a cambiar, supe que tenía un amigo.

—También mi vida empezó a cambiar cuando supe que tenía una madre.

Inés los mira divertida.

—Y también mi vida empezó a cambiar cuando vosotros llegasteis a ella, pero después de estas importantísimas conclusiones, creo que ha llegado el momento de levantaros para recoger la mesa y meter vuestros platos en el lavavajillas, mientras yo preparo la clase de mañana.

—Mamá —se acuerda Juan de pronto—, ¿tú sabes si los tiburones son vivíparos?



—Algunos de ellos creo que sí, pero lo miraré en Internet y os lo diré más seguro.

—Pues como sea así —se ríe Sonia seguida de Juan—, a Lourdes le va a dar un ataque, no creo que pueda superar que Pierre la haya ganado.

Mientras abre el ordenador para buscar la respuesta correcta, Inés piensa en lo afortunada que es. Hace poco más de siete años, su vida estaba vacía, o ella lo sentía así. Después de una relación que se fue deteriorando poco a poco, vino la separación y ella empezó a sentir que nada merecía la pena, ni siquiera su trabajo la satisfacía. La llegada de Juan lo cambió todo, fue el premio extraordinario de una lucha interminable de papeles, de esfuerzo, de ilusión y volver a sentir que la vida le sonreía en una hilera luminosa de dientes blancos. Este niño agradecido la adoptó a ella con la misma intensidad con que ella lo adoptó a él.

—¡Algunos son vivíparos! —grita Juan—. La clase de mañana no me la perdería por nada del mundo.

—¡Ni yo! —dice Sonia emocionada—. ¿Podemos imprimir esta foto, Inés?

Una foto de un tiburón bebé saliendo de su madre surge calentita de la impresora.

—Gracias, profe —sonríe ella cogiéndola.

Inés toca ese pelo suave de Sonia y los ojos se le llenan de agua.

—Gracias también a ti, cariño.

Empieza a anochecer cuando Sonia y Juan, con un bol gigante de palomitas, tumbados en el sofá y tapados con la misma manta, oyen los ladridos de Trufa, que se acerca hasta la puerta.

—Ha debido de llegar tu padre, Sonia. Abridle, por favor, ahora salgo.

Carlos aparece en la puerta con cara de cansado y con ojeras.

—¿Te quedas a cenar, verdad? —pregunta Inés—. Iba ahora mismo a calentar la pasta que sobró al mediodía, ellos pueden ir poniendo la mesa.

—Carmen estará esperándonos, no creo que…

—Quédate, por favor, tenemos que hablar —le interrumpe Sonia—. Puedes ponerte todo lo cómodo que quieras mientras nosotros nos ocupamos de todo.

—Yo hablaré con ella —sonríe Inés.

La protesta de su padre tiene poca fuerza..

—Lleva todo el día sola y no me…

—Solo será un rato, necesitamos ponernos de acuerdo para ayudar a Pedro —insiste Juan.

Carlos ya no puede defenderse y, sentado a la mesa, hace los honores a la pasta y a una fantástica ensalada.

—Está todo buenísimo, Inés —dice comiendo con apetito.

Es Inés la que empieza a hablar y también es ella la que organiza el primer contacto para acercarse a casa de Pedro con Sonia.

—¿Y yo no puedo ir? —pregunta Juan mirándola.

—Creo que de momento no conviene, hijo. A ti y a Carlos casi no os conoce.

—Tú te quedarás conmigo vigilando la zona. Mañana libro por la tarde, así que empezaremos la ronda sobre las cuatro. —Carlos se ríe al ver la cara ilusionada de Juan—. Y ahora sí que tenemos que irnos, tesoro.

De camino a casa, en el coche, Sonia mira a su padre.

—¿Te gusta Inés, papá?

Carlos contesta sin dudar ni un momento.

—¿A quien no le gusta Inés, hija? Es una persona maravillosa.

—Digo —sigue Sonia, contenta de que él no pueda mirarle—, si... podría gustarte como pareja.

Un silencio cubre el coche durante un rato que a ella le parece muy largo. Después su padre respira profundo.

—Creo que no, cariño... Inés es una amiga estupenda, pero solo puedo verla de esa forma... ¿Por qué lo dices?

Sonia se seca despacito una lágrima.

—Porque a veces pienso que estás muy solo.

—Pues no lo pienses, tesoro, cómo voy a estar solo si te tengo a ti, y a la abuela... y el recuerdo de tu madre. De momento no necesito nada más, hija. Cuando lo necesite, te lo diré, ¿de acuerdo?

—De acuerdo, papá —dice ella queriéndolo muchísimo.

# 9

Don Matías es un trabajador incansable y, a veces, Sonia siente que los números bailan alrededor de su cabeza sin descanso.

—¿Han entendido esta parte, o alguno necesita que «tripita» la explicación? —pregunta con su voz atronadora.

Todos se miran con cara de ignorancia menos Ramón, Lola y Pierre, que asienten con seguridad.

—Creo que va usted a tener que «tripitir», don Matías, por las caras de *mes camarades* de trabajo, presiento que existen algunas dudas.

—¿Usted no se calla nunca, grumete? —pregunta el profesor un poco más amable que antes, señal inequívoca de que este brillante alumno tenía razón en cuanto a lo de ganarse a sus superiores.

—Solo pretendía ayudar, don Matías, disculpe usted.

El profesor mira a su alumnado con paciencia.

—Voy a empezar de nuevo. Pero presten ustedes muchísima más atención, por favor.

Sonia es incapaz de mostrar interés, aunque lo intenta. Pedro no ha venido a clase y ni siquiera Juan parece darse cuenta.

—Sonia —la voz de don Matías la despierta de golpe—, si usted no está en lo que está, será difícil que este tema quede zanjado. ¿Hay algo que le preocupe?

Ella niega con la cabeza.

—Tranquila, Nata —se escucha decir a Lola con claridad—, luego te lo explico; tengo que empezar a saldar mi deuda.

Toda la clase irrumpe en una carcajada que no parece molestar a su profesor.



Lola se explica de inmediato.

—Hace tiempo que Sonia me ayuda en Lengua —dice mirando a su alrededor con alegría—. Lo menos que puedo hacer es corresponder.

—Eso —sonríe Olga.

—*Moi aussi* estaré encantado de ayudarle —se ofrece Pierre.

Don Matías empieza a ponerse nervioso.

—La solidaridad con su compañera me conmueve, pero creo que es mejor idea que Sonia y su inteligencia acudan a mí para resolver sus dudas.

La clase sigue su curso y solo al final, cuando suena el timbre, el profesor parece darse cuenta de la ausencia de Pedro.

—¿Saben ustedes si su compañero impuntual —carraspea— está enfermo o le sucede algo?

—¿Se refiere usted a mi homónimo? —pregunta Pierre.

—¿Es que usted no se calla nunca? Me refiero, señor Arceneau, a Pedro Gutiérrez. He observado que este chico no tiene buen aspecto.

Sonia baja la cabeza, después de mirar a Juan con aprensión.

—Ha cambiado mucho —se atreve a decir Pilar—; este curso no habla ni se relaciona con ninguno de nosotros.

—Creemos que no está pasando un buen momento —sigue Rosalía.

—Es muy posible —dice don Matías recogiendo su mesa pensativo—. Pasaré por secretaría para avisar de su falta y, si es posible, que se pongan en contacto con sus padres para ver si necesitan algo. Hasta el próximo día, señores alumnos.



Cuando se cierra la puerta, todos parecen reflexionar.

—La verdad es que Pedro está muy raro —dice Alba recogiendo sus cosas.

—Eso es verdad —asiente Olga—, de un tiempo a esta parte se ha convertido en un vagabundo...

—A lo mejor está en peligro, puede que alguien lo esté amenazando —sigue Rosalía con voz de misterio.

—Es una pena que tu madre no esté aquí con nosotros —señala Pilar mirando a Juan—, ella hubiera sabido lo que hay que hacer.

—Creo que estáis exagerando —se ríe Lola—. ¿Por qué no dejáis de preocuparos por él? Va sucio y punto.

Pierre parece pensativo.

—Ayer no parecía estar en peligro. Incluso tengo que decir que hablamos sobre tiburones y también pareció interesado por mi habilidad —dice con una pequeña demostración.

—Eso no es ninguna habilidad —le reta Ramón tragando el suficiente aire para contraatacar.

Sonia pasa por alto las asquerosas «habilidades» de sus compañeros

—Tú no lo conoces tanto como nosotros, Pierre. Pedro no es el mismo de antes.

—Por supuesto que no lo es —sigue Olga arrugando la nariz.

—Creo que en vez de hablar tanto de cómo era antes y de cómo es ahora —dice Juan con tranquilidad—, podríamos simplemente comportarnos de forma amable con él.

Lola lo mira fijamente.

—¿Te refieres a preguntarle qué le pasa? Seguro que si lo sometemos a un interrogatorio lo asustaremos, tampoco puede decirse que fuera una persona muy popular. ¿Alguien quiere venir a tomar el aire? En menos de cinco minutos tenemos que estar en clase.

Cuando todos se van, Rosalía respira con fuerza.

—Creo que Lola sí es la misma de siempre, ¿verdad, Sonia? Por cierto, estoy leyendo un libro de misterio que me dejó mi abuela, ella tiene toda la colección. Es de una escritora inglesa que se llama Agatha Christie. Si quieres te traigo uno para que lo leas. A mí me está gustando mucho, es de misterio y asesinatos.

Rosalía se da cuenta de que casi no la escucha.

—No te preocupes por Pedro —dice cuando ve entrar a Lourdes—. Juan tiene razón, seguro que acabaremos sabiendo cómo ayudarle. Mañana te traigo el libro, ¿vale?

Si Lourdes está un poco incómoda, nadie lo nota. Pero ella sí aprecia que sus alumnos están más atentos que nunca.

—Antes de nada tengo que disculparme. Los profesores también podemos tener fallos de vez en cuando, así que un positivo para ti, Arceneau. —Pide silencio con la mano—. Los tiburones, efectivamente, son peces, pero también vivíparos.

—No todos, *mademoiselle* Lourdes, no todos.

—Lo sé, Pierre —sonríe—, solo algunas especies. Y con esto creo que el tema ha quedado zanjado. Y ahora, si no es molestia, ve recogiendo los trabajos, estoy seguro de que esta noche aprenderé todavía más cosas sobre estos terribles depredadores.

—No todos —niega su alumno con la cabeza.

—¿No todos... qué? —dice Lourdes mirándole demasiado fijamente.

—No todos son depredadores, *mademoiselle* Lourdes. Después de buscar información sobre ellos he descubierto cosas muy interesantes.

—Bien, Pierre, expón tu trabajo detalladamente y con claridad a la clase. Te cedo mi sitio ahora mismo.

—Muy amable, *merci* —contesta Pierre que se dirige con seguridad hacia la tarima. Tras un instante de duda, comienza—: Abrid el libro por la pá-

gina dieciséis, veréis una foto del tiburón martillo, uno de los vivíparos más...

Todos miran de reojo a Lourdes, que se ha sentado en el sitio de Pierre. Después de un rato la olvidan, su compañero resulta ser un excelente comunicador y domina perfectamente el tema que les ocupa.

—Y esto es todo, gracias —dice al terminar.

Ella se levanta con elegancia y demuestra a su clase que, a pesar de su fuerte carácter, tiene un perder encantador.



—Realmente, Arceneau, ha sido todo un placer escucharte, nunca he visto mi clase más entregada. Te pondré otro positivo. Pero ten la seguridad de que nunca más volveré a cederte mi sitio —se ríe divertida—, correría un riesgo enorme de perderlo...

Hasta Sonia tiene que reprimir una carcajada.

# 10



Esa mañana la clase está bastante revolucionada, y aunque James, el profesor de Inglés, no suele ser demasiado exigente, esta vez parece muy estresado.

—Tenéis un vocabulario nefasto —dice después de una extraña frase de Ramón—. No solo no te entendería nadie, sino que ni siquiera lo haría un profesor entregado como yo. Para el próximo día me vais a traer diez palabras por cada letra del alfabeto.

—¿Relacionadas con algún tema en particular, *mister?* —pregunta Pierre con educación.

James sonríe sibilino y le contesta en un modélico inglés de Oxford.

—*Ok* —contesta Eructil—. No es necesario, compañeros —traduce—, podéis escribir sobre las primeras palabras que os vengan a la mente. *No problem.*

—Por cierto —apunta James antes de recoger—, ¿vuestro compañero Pedro está enfermo?

Nadie sabe qué responder.

—¡Vamos, Sonia, mi madre ya está ahí! —dice Juan al ver el coche.

La voz de Pierre resuena en el patio como un altavoz.

—¡¡¡EHHH!!! *Un moment, s'il vous plaît...* Toma, Sonia —dice sacando con cuidado una pequeña caracola de su mochila—, es para ti.

Ella le mira y su cara parece tan rosa clara como el interior de la preciosa concha.

—Gracias —dice sin levantar la voz.

—Cuando la vi en el cuarto de *ma mère*, me pareció tan bella y delicada como tú y se la pedí para regalártela. Hasta mañana.



Juan procura no mirarle mientras ella la mete en el bolsillo de su abrigo.

—¿Vienes? —dice aguantando un poco la risa.

—Sí —Sonia le mira de reojo—, y no digas nada.

—Vaaale, Natita —contesta su amigo abriendo la puerta del coche. Inés los mira con curiosidad.

—¿Alguna novedad?

—No —contesta Sonia mirando fijamente a Juan.

—¿Y qué pasa con Pedro? ¿Habéis estado con él en clase?

La sola mención de su nombre basta para que todo vuelva a cobrar importancia de nuevo y con una fuerza enorme. Los dos cuentan a Inés que no ha ido a clase y la reacción de sus profesores y compañeros.

—Todos se han dado cuenta de que le pasa algo, mamá, pero Pierre y Lola creen que no tiene importancia.

—Dicen que no hay que agobiarse —apunta Sonia—, ni tampoco preocuparse.

La voz de Inés suena muy clara.

—Quizás no haya que preocuparse, pero seguro que sí hay que ocuparse. A las cuatro te recojo, cariño.

—Hasta las cuatro entonces —dice Sonia bajando del coche y metiendo la mano en su bolsillo.

La abuela está hablando por teléfono y casi no se da cuenta de que Sonia sale disparada hasta su habitación. Ni tampoco puede verla cuando, sentada en la cama, saca la caracola del bolsillo de su abrigo para observarla con cuidado.



—Es preciosa —dice en voz alta.

—¿Quién es preciosa? ¿Tú? —Su padre aparece y se sienta a su lado—. Eso no es ninguna novedad.

Sonia le enseña la caracola y él le separa el pelo y se la pone en la oreja.

—¿Oyes el mar? Cierra los ojos y verás como acabas escuchando el sonido de las olas.

Es verdad, aunque desde muy lejos, a Sonia le parece oírlo.

—¿De dónde la has sacado?

—Me la regaló Pierre, un compañero de clase, dijo... que era tan... delicada como yo...

—Me gusta ese chico. ¿Es francés? Lo digo por su nombre.

—Sí —se ríe Sonia—, y también es el campeón de los eructos.

De lo concentrados que están en la conversación, casi no escuchan la voz de la abuela llamándolos para comer.

—Hoy es tu día libre, ¿no, Carlos? ¿Vais a hacer algo juntos la niña y tú? —pregunta la abuela mientras sirve la sopa.

Seguramente cualquier respuesta sería válida para la abuela, pero Carlos cree que debe ponerla al tanto de la situación. Carmen escucha atentamente lo que le cuentan y después suspira despacio como si un cansancio muy grande se hubiera apoderado de ella.

—Tened cuidado por favor —dice doblando la servilleta—, en esta casa ya hemos sufrido bastante.

—No te preocupes, abuela —dice Sonia acariciando su mano—, no nos va a pasar nada.

Cuando aparecen Inés y Juan, Sonia empieza a darse cuenta de la enorme responsabilidad que supone ir a casa de Pedro. ¿Y si ella hubiera interpretado mal las cosas? ¿Y si la mujer de la panadería estuviera equivocada? ¿Y si el señor que vio no tenía nada que ver con ellos? Su madre decía que poseía una imaginación desbordante.

—No te preocupes —dice Inés leyendo su pensamiento—. Pase lo que pase en casa de tu amigo, seguro que le vendrá bien nuestra ayuda.

Ella siempre encuentra las palabras adecuadas para hacerla sentir bien, desde el primer día que se conocieron.

Sonia recuerda perfectamente donde está la casa, pero por mucho que llaman al timbre para que les abran el portal, nadie contesta.

—¿Estás segura de que es aquí?

—Segura —dice Sonia—, pero a lo mejor no están en casa.

—¡Pero qué tontas somos! —dice Inés mirándola—. Si no tienen luz tampoco tienen timbre. Tenemos que llamar a otro piso.

El sonido que abre el portal les hace dar un respingo.

—Vamos —dice Inés empujando la puerta.



Después de golpear la puerta del 3.ºD con insistencia, Inés apoya la oreja.

—¿Sabes si tienen un perro o un gato?

Sonia levanta los hombros.

—Aquí dentro hay alguien, seguro. ¡PEDRO! —grita—. ¡PEDRO!, soy Inés, ábreme, por favor.

La puerta de al lado se entorna y un señora pide silencio con el dedo.

—En esta casa siempre hay escándalos, lo mejor que pueden hacer es marcharse por donde han venido.

—¡Pedro! —sigue Inés, ignorándola y acercando la boca al marco de la puerta—. Ábreme, por favor, quiero ayudarte.

La vecina se mete en su casa moviendo la cabeza con desagrado justo cuando la puerta del 3.ºD se empieza a abrir despacito.

A Sonia le late tan fuerte el corazón que ni siquiera se entera de que están dentro, y de que Inés, arrodillada delante de su amigo, lo abraza con fuerza.

—Tranquilo, mi vida, tranquilo, ya pasó todo —dice con una voz tan dulce que Sonia siente una lágrima resbalando por su cara.

Es entonces cuando se da cuenta del olor tan fuerte de la casa, y sin querer se tapa la nariz con el abrigo.

La madre de Pedro está tirada en el pasillo y gime como un animalito herido.

—¡Esperadme en la cocina! —dice Inés temblando—. Solo será un momento.

Sonia sigue a su amigo hasta una cocina destartalada y sucia. Solo entonces nota el frío que hace.

—Inés lo va a arreglar todo, Pedro —dice muy asustada—, ya lo verás.

Y, por primera vez desde que ella y Juan llegaron a su vida, no está del todo segura de lo que dice.

# 11



Todo sucede muy rápido, y Sonia no tiene tiempo de asimilarlo. Cuando ve aparecer a su padre lo abraza tan fuerte que casi le hace daño. Y es él, mientras se oye el sonido de una ambulancia, quien empieza a hablar muy despacio mirando a los ojos asustados de Pedro.

—No te preocupes, hijo —dice acercándolo a sus brazos—, todo se va a arreglar. Tu madre se pondrá bien.

Los dos camilleros siguen a Inés por el pasillo.

—¿Adónde se la llevan? —habla Pedro sin fuerzas para seguir luchando por ella.

—Al hospital, hijo, pero no te preocupes, todo va a salir bien, ya lo verás.

La palabra hospital trae a Sonia un recuerdo frío que nunca consiguió borrar de su cabeza.

—Vamos a recoger tus cosas —sigue su padre hablando muy despacio—. Hoy te vendrás con nosotros.

La voz de Pedro no parece la voz de un niño.

—No voy a ir con nadie, solo me iré con ella.

—Por favor, ven con nosotros —dice Sonia buscando sus ojos—. Por favor.

—¿No tienes hambre? —pregunta su padre preocupado.

Pedro niega con la cabeza.

—Estás helado.

Cuando Inés se acerca como una madre, a Sonia se le escapan todas las lágrimas.

—Dicen que no parece nada grave, solamente son golpes y magulladuras… Mañana podrás venir conmigo a verla, pero esta noche me quedaré con ella en el hospital, te prometo que todo va a salir bien. Coge tu abrigo.

—Mi abrigo… No sé donde está —dice Pedro avergonzado.

—¡Pero qué tonta, si yo tengo ropa para ti! —se ríe Inés de una forma extraña

mientras le abraza—. ¿Dónde está Juan? —pregunta de pronto asustada mirando a Carlos—. ¿Dónde está?

—En casa con Carmen, no te preocupes.

—Venga —dice Sonia—. Vámonos ya.

Su padre se quita la chaqueta para echársela por los hombros y Pedro se deja hacer como si nada fuera con él.

—Nos estamos quedando a oscuras —dice Inés dándole al interruptor sin resultado. Un silencio habla por los cuatro.

—No hay luz —susurra Pedro.



Sonia siente una pena gigantesca por su amigo.

Ni siquiera tienen que llamar al timbre, porque la abuela y Juan abren la puerta al oírlos subir.

—Te estábamos esperando, hijo. He hecho un caldito de gallina para chuparse los dedos. Y también tengo un bizcocho en el horno. —Sonríe con timidez—. Él dice que huele muy bien.

—¡Ya lo creo! —A Sonia le parece la casa más caliente y acogedora del mundo.

—Juan y tú dormiréis aquí —sigue la abuela señalando el colchón grande del suelo—. La cama ya está hecha.

—Cuando Inés venga con la ropa, seguro que queréis ducharos, ahora os dejo solos —dice su padre entornando la puerta.

Sonia piensa que si no fuera por el problema de Pedro, hoy sería un día perfecto. Hace tanto tiempo que nadie comparte su cuarto…

Enseguida, la espontaneidad de Chocolate alegra la habitación.

—Tú tranquilo, Pedro —dice—. Antes de que Inés viniera a buscarme, yo también olía a perro mojado todos los días. Por nosotros no te preocupes, si quieres puedes pasarte una hora bajo la ducha.

La primera risa del día suena gigante en aquel cuarto tan pequeño.

Cuando llega Inés con la ropa y la buena noticia de que su madre no tiene nada grave, Pedro ya se ha tomado un buen plato de sopa, dos trozos de tortilla y un gran vaso de leche con bizcocho. Y aunque no se le ha borrado la tristeza de los ojos, sí puede decirse que ha desaparecido el terror de antes.



—¡Come como una bestia, mamá! —dice Juan atacando otro trozo de bizcocho—. Si no somos rápidos nos deja sin nada.

—Lo dudo mucho estando tú por el medio, parece que no has probado bocado desde hace semanas.

—¡Déjalos que coman! —sonríe la abuela—. Es un placer verlos. La niña y su padre comen como pajaritos.

—¡Vamos a ducharnos, Pedro! —dice Juan levantándose de la mesa—. Hay que dejar sitio y comida para los demás.

La abuela interviene con rapidez.

—Ahora mismo te traigo un caldo caliente para que te entone. Sientate aquí mismo.

Mientras los chicos se van al cuarto de baño, los demás escuchan emocionados todo lo que Inés les va contando.

—Es mucho peor de lo que imaginamos, los tenía prácticamente secuestrados —dice calentando sus manos con el tazón de caldo—. Para evitar que ella pusiera una denuncia por malos tratos, se llevó toda su ropa, los dejó sin agua, sin luz, sin teléfono, sin dinero... Hasta sin hilos para seguir cosiendo, que era su forma de ganarse la vida. Tenían lo justo para no morirse de hambre. Desaparecía durante un día o dos y volvía borracho de noche o la madrugada del día siguiente. El día que lo vio Sonia, estuvo particularmente agresivo con Clara, y si no es por Pedro, que se enfrentó a él, no sé qué hubiera pasado. Creo que si no hubiéramos aparecido allí hoy, posiblemente todo habría terminado en tragedia.



Parece que Inés se ha olvidado de que Sonia está con ellos, por la crudeza con la que habla.

—¿Pero quién puede ser tan mala persona para hacer algo así? —pregunta Sonia entre lágrimas—. ¿Y por qué Pedro no pidió ayuda o fue a la Policía?

—No lo sé, hija —contesta su padre acariciando su cabeza—. Posiblemente estaría amenazado y no se atreviera a hacerlo.

Sonia piensa que al final Rosalía no iba muy desencaminada. Pero hay tantas preguntas...

—Lo que no entiendo es cómo podía ir a clase —dice después de un rato.

—Quién sabe por qué lo hizo, cariño —sigue Inés con un suspiro.

Carmen no solo parece afectada sino también indignada.

—A ese hombre habría que meterlo en la cárcel para siempre.

—En el hospital ya han dado un parte de lesiones, y mañana mismo iremos a poner una denuncia. De momento, Pedro y su madre vivirán con nosotros, tengo un par de habitaciones libres. Después ya se verá.

—Ayudaremos en lo que haga falta —se ofrece la abuela mirando a su nieta.

Carlos las mira a las tres.

—Ahora lo importante es que ni ella ni el niño estén solos nunca. Ese indeseable podría aparecer en cualquier momento. Por supuesto, no deben volver nunca al piso ni estar por la zona sin protección. Aunque la Policía curse una orden de alejamiento, nada será efectivo hasta que aparezca. Tampoco conviene que Pedro esté solo con nuestros hijos fuera del entorno de casa o del colegio, y habrá que informar a los profesores de la situación lo antes posible.



—¿Vendrá mañana a clase con nosotros? —pregunta Sonia agobiada.

—No, cariño —dice Inés con seguridad—. Primero quiero que venga a ver a su madre conmigo. Eso les tranquilizará a los dos; después —suspira mirando a Carlos—, tendré que ir con él a la Policía para que cuente todo lo que han pasado. Allí posiblemente nos facilitarán un asistente social o un psicólogo para ayudarle a hacerlo. —Mira la cara asustada de Sonia con ternura—. Sabemos que todo esto no va a ser nada fácil para él, pero estoy segura de que lo peor ha pasado.

Sonia piensa que nadie se merece pasar por algo tan terrible.

—El hombre que los maltrata —pregunta muy despacio—, ¿es el padre de Pedro?

—No lo sé, cariño —contesta el suyo haciéndole sitio en su regazo—, pero si lo fuera, no merecería ser llamado así.

—¡Pobre gente! —dice la abuela muy bajito.

Inés tiene otra cara después de tomarse el caldo caliente.

—Han debido de pasarlo realmente mal y, posiblemente para evitar problemas, ni siquiera los vecinos les han echado una mano. Pudimos verlo el otro día —acaricia la mano de Sonia—. Gracias a ti hemos podido evitar un mal mayor.



—Esta chiquilla siempre fue muy especial —suspira la abuela—, ya lo decía su madre...

Juan y Pedro entran dejando una estela de colonia a su alrededor, están tan limpios y repeinados que a todos les llega el alivio de la risa.

—Creo que Pedro ha encogido —dice Juan señalando las mangas de su pijama—, y eso que no había quien lo sacara de la ducha. Tiene toda la piel arrugada.

Inés se aparta para hacerles sitio en la mesa.

—Mañana mismo iremos a ver a tu madre —dice mirando a Pedro—. Mientras tú te quedas con ella, yo iré a comprarte algo de ropa y después pasaré por el colegio.

La vergüenza de Pedro entristece a todos.

—No voy a volver al colegio —dice desafiante.

—Todos preguntan por ti.

—Bueno, todos menos Lola y Pierre, ellos están de acuerdo en que no hay que agobiarte —dice Juan.

—No pienso volver a clase —insiste él sin mirarles—. Me quedaré con mi madre y después empezaré a trabajar.

Carlos lo mira con comprensión.

—Ahora no tienes que pensar en nada, hijo, solo en saber que estamos aquí para ayudaros en todo lo que necesitéis.

—No necesitamos ayuda.

La voz de Juan parece llenar la cocina.

—Todos necesitamos que nos ayuden cuando tenemos problemas, Pedro. Yo no estaría aquí si mi madre no lo hubiera hecho.

Sonia piensa que su amigo tiene muchas heridas que curar y muchas más cosas que contar, pero todo tiene que ser poco a poco y con cuidado. De momento, hoy está limpio, caliente y ha comido, cosas básicas a las que cualquier niño del mundo tiene derecho.

—Vamos a echarle una mano a Carmen con la cocina —dice su padre levantándose—, si lo hacemos todos juntos acabaremos enseguida.

Y antes de que la abuela pueda protestar lo más mínimo, un equipo colaborador se levanta de la mesa.

—Tú vete con la madre de Pedro, mamá —dice Juan abrazándola—. Por cierto, ¿cómo se llama?

—Clara —dice Pedro sin energía.
Carmen los mira con simpatía.
—Un nombre muy bonito, ya lo creo.

# 12



Sonia todavía duerme cuando Juan susurra en su oído:

—Venga, Natita, despierta, vamos a llegar tarde.

Sonia abre los ojos con el desconcierto de escuchar a Juan en su habitación, pero rápidamente vuelve a la realidad.

—Enseguida estoy lista.

Cuando aparecen, la abuela ya tiene el desayuno en la mesa, y al verlos se lleva un dedo a los labios.

—Ha llamado Inés, dijo que vendrá a buscar a Pedro en una hora, así que no hagáis ruido para que el chiquillo pueda dormir un poco más. —Sonríe emocionada al ver la cara de Juan recorriendo la mesa—. He hecho torrijas, y ya veréis la fuente de croquetas que os vais a comer al mediodía.

La llegada de Pedro es tan silenciosa que casi les sobresalta.

—¿Dónde está Inés? Quiero ir a ver a mi madre —dice casi sin voz.

Parece tan triste que todos se contagian.

—De eso mismo estábamos hablando hace un momento, hijo; ella vendrá a buscarte enseguida. Dice que tu madre está mucho mejor. ¿Por qué no te sientas?

—No tengo hambre —dice poco convencido.

—Carmen ha hecho torrijas —insiste Juan haciéndole sitio.

Pedro, sin decir nada, vuelve al cuarto.

—Voy a calentarle la leche —dice la abuela preocupada.

—¿Qué hacemos? —pregunta Sonia.



—Irnos si no queremos llegar tarde, y no preocuparnos por él. Sabe de sobra que aquí está mejor que en ningún sitio, pero no puede decirlo. Voy a buscar la mochila.

Sonia espera en la cocina durante lo que le parece demasiado tiempo, pero ni siquiera mira el reloj cuando Juan llega acelerado.

—Es tardísimo, ¡vamos!

Durante el camino la tranquiliza.

—No te preocupes, Pedro estará bien. Seguro que ya está desayunando con tu abuela.

—¿Cómo lo sabes?

Juan le mira a los ojos.

—Le conté cómo era mi situación antes de venir aquí, y también lo asustado que estaba cuando llegamos. Le dije que solo era cuestión de esperar un poco y todo empezaría a arreglarse.

Juan no sabe cómo están las cosas del todo y la situación real de Pedro, pero Sonia no piensa contárselas ahora, hoy solo quiere disfrutar de ir con él a clase. «Nata y Chocolate, invencibles», repite mentalmente mientras le devuelve la sonrisa.

Una mariposa chiquitita aletea en su estómago cuando ve a Pierre corriendo hacia ellos.

—*Allez, allez, mes amis!* —grita—. Llevo un siglo esperándoos y don Matías no parece de muy buen humor.

Efectivamente.

—Siéntense los tres antes de que les haga levantar para abandonar el aula. ¡No, no, Pierre, no me replique! Por lo que veo tampoco ha venido hoy su compañero. ¿Alguno de ustedes sabe algo de él? Hemos intentado localizarle sin éxito. Nadie contesta al teléfono.



Sonia respira profundo y se levanta.

—Pedro no ha venido porque su madre está en el hospital —dice antes de arrepentirse.

Un silencio ocupa el aula.

—Pobre chico —dice don Matías cerrando el libro—. ¿Y sabe usted si es grave lo de su madre? ¿Un accidente, quizás?

—No, creo que no es grave —dice Sonia tragando saliva.

Pierre se levanta de un salto y coge su mochila.

—Si me lo permite, don Matías, voy a pasar por secretaría para que me faciliten la dirección de Pedro, quiero estar a su lado en estos momentos difíciles.

—¡Siéntese ahora mismo! —grita el profesor recuperando de golpe su malhumor—. Usted no va a ninguna parte, ¿pero quién se ha creído que es?

—Soy su amigo —contesta Pierre con firmeza— y no podrá impedir que haga lo necesario para ayudarle.

Don Matías parece más grande que nunca cuando atraviesa el aula para abordarle.

—Señor Arceneau —dice con voz sibilina—, mientras usted esté en mi aula y bajo mi tutela, puedo impedirle lo que considere oportuno, ¿estamos? Y ahora, resuelto este tema, procederemos a resolver una ecuación de la página catorce. En cuanto a usted, Sonia, en el recreo le ruego que pase por dirección, le agradecerán mucho todos los informes que pueda dar sobre el caso.



Como en el centro de una tormenta, Sonia escucha la voz de don Matías explicando las ecuaciones, y por el silencio extremo del aula, puede darse cuenta de que nadie está atento, ni siquiera Lola.

—¿Qué tiene su madre? —pregunta Olga cuando salen al recreo.

—Creo que un desmayo o algo así, nada grave.

—Por un desmayo nadie va al hospital —dice Lola.

—Depende —sigue Rosalía—, a mi abuela la tuvieron ingresada dos días porque perdió el conocimiento al caerse de la escalera de su casa.

—A lo mejor tiene una neumonía. A mi tío lo ingresaron por eso —dice Alba.

—¡Yo sé dónde vive! —grita Pilar de pronto—. Podríamos ir a visitarle.

—¡Estáis mal! —dice Ramón—. Pedro saldrá corriendo si nos ve aparecer a todos allí...

—Tienes razón, grandullón, no podemos ir *tout le monde*. Pero si ella me acompaña —dice Pierre señalando a Sonia con un pequeño eructo de cortesía—, iremos a verle solamente nosotros dos en nombre de los demás.

—¿Por qué tú? —le ataca Olga con fiereza—. Acabas de conocerle y ya te crees con más derechos sobre él que nosotros.

—Yo no quiero tener derechos sobre él, solo sé que mi amigo tiene problemas y me gustaría decirle que puede contar conmigo.

—Pues entonces deja que vayamos cualquiera de nosotros antes que tú. Olga tiene razón, lo conocemos desde hace mucho más tiempo —sigue Pilar.

Sonia no está de acuerdo con ellas. No siempre el tiempo es lo importante. Recuerda que cuando conoció a Juan se dio cuenta, al momento, de lo que significaba tener un amigo.

—No creo que Pedro quiera ver a nadie por ahora. Pero le daré recuerdos de vuestra parte.

Y, sin atender al murmullo que escucha a sus espaldas, se dirige a dirección.

—¡Espera, voy contigo! —dice Juan siguiéndola.

En dirección ya están al tanto de lo que sucede.

—Salía ahora mismo a buscaros —dice con amabilidad la secretaria—. Ha llamado Inés para decir que no os vendrá a recoger y que volváis andando. También quiere que os diga que la madre de Pedro está mucho mejor y que seguramente le darán el alta hoy mismo.

Lidia ya está en clase cuando entran y por su sonrisa no parece molesta.

—¿Venís de secretaría? Parece ser que lo de la madre de vuestro compañero no es importante, y que Pedro se reincorporará a sus clases lo antes posible. Y ahora vamos a empezar la declinación francesa del verbo *être*, ser. Tú misma, Lola, presente de indicativo: *Je suis, tu es...*

Pierre se remueve inquieto en el asiento al escuchar a Lola chapurrear su idioma materno.



—¿Sucede algo, Pierre? —pregunta solícita Lidia—. *Est-ce que vous...?*

—Discúlpeme, señora Lidia, pero es que no puedo evitar estremecerme al escucharles *maltraiter* mi idioma paterno.

Ramón pide la palabra.

—Nadie se mete con la forma en que tú maltratas el nuestro —dice imitando su «r» francesa.

Lidia da dos golpes en la mesa.

—Siéntate, Ramón. Y, en cuanto a ti, me gustaría explicarte que la palabra «respeto» tiene una sola definición en cualquier idioma que la escribas. —Se vuelve a la pizarra y escribe la palabra en francés y español—. Dímela en español, por favor, y ahora lo haré yo en francés. La diferencia entre nosotros está muy clara, Pierre: yo soy tu profesora española y tú mi alumno francés, aunque mi pronunciación no sea correcta, como tampoco lo es la tuya en nuestro idioma, no te permito que dudes de mis capacidades como docente para impartir esta asignatura, así no me obligarás a dudar de tus capacidades como alumno.

Un aplauso general recoge las últimas palabras de la profesora, y por primera vez desde que llegó al centro, Pierre parece realmente avergonzado y se disculpa. El resto del tiempo transcurre sin incidentes hasta que suena el timbre.

—*Un moment, s'il vous plaît,* Pierre —dice Lidia mientras recoge su carpeta—, quiero decirte que no hay duda de que tu presencia facilitará mucho las cosas para ayudarnos a mejorar la pronunciación.



—*Merci, madame.*

—«El perro de San Roque no tiene rabo porque Ramón Ramírez se lo ha cortado» —salta Lola con alegría y esquivando la mirada de Lidia—. Hasta luego, *compañerro.*

Lidia menea la cabeza mientras recoge sus cosas.

—Hoy has tenido una buena ración de empanadillas de bacalao con pasas, tus preferidas —se burla Ramón al pasar al lado de Pierre—. Te lo tienes merecido.

—Tienes razón, grandullón —dice Pierre con un expresivo eructo de agradecimiento.

Ramón ni siquiera tiene tiempo de contestar porque su compañero sale corriendo para alcanzar a Juan y a Sonia.

—¡Eh! *Un moment!* —jadea—. Dadle, por favor un abrazo a Pedro. Decidle que solo tiene que llamarme y estaré a su lado. Y lo mismo te digo a ti, Sonia, ya sabes donde estoy.

Juan mira de reojo a su amiga sabiendo que hasta que no recupere su color natural, es mejor no decir absolutamente nada.

# 13



Cuando Nata y Chocolate conocen a Clara, les parece demasiado joven para ser madre. Y Sonia piensa que nunca ha visto unos ojos tan tristes.

—Esta es Clara, la madre de Pedro —dice Inés al presentarlos—, y estos son mi hijo Juan y su amiga Sonia.

—Nata y Chocolate para los amigos —dice Pedro un poco eufórico.

La sonrisa triste de Clara no parece una sonrisa.

—Hasta que se encuentre un poco mejor se vendrá con nosotros —sigue Inés—. Hay sitio de sobra para los cuatro.

—Volveremos a casa lo antes posible, no queremos molestar.

—No vais a molestar —contesta Juan—; a veces mi madre y yo nos aburrimos bastante.

—Solo serán unos días, mamá —dice Pedro que con la ropa nueva parece mucho más alto que antes.

Carlos acaba de entrar y extiende la mano con alegría al ver a Clara.

—Soy Carlos, el padre de Sonia, me alegro mucho de que estés mejor. Si me dais un momento para cambiarme, enseguida estaré con vosotros.

—Creo que es mejor que nos vayamos ya, seguro que Clara querrá acostarse y...

—Entonces, por favor —dice la abuela—, llevaos el caldo que sobró de ayer y unas croquetas. Hice bastantes para todos y van a sobrar.

La madre de Pedro parece inquieta.

—Creo que os estamos causando demasiadas molestias...



—No digas eso, hija, estamos encantados de ayudarte. —Y antes de que pueda darse cuenta, Carmen le pasa una mano por la mejilla.

Como si la dulzura del gesto hiciera magia, Clara parece tranquilizarse.

—Mañana tengo el turno de tarde —sigue Carlos—, así que, si os parece, recogeré a los niños para llevarlos a clase.

—Yo no voy a ir a clase, me quedaré con mi madre.

Sonia piensa que si ella estuviera en el lugar de Pedro, haría lo mismo. Pero su padre insiste en acercarse por la mañana por si necesitan algo.

Clara toma aire para animarse a hablar. A pesar de su tristeza, es consciente de que, por primera vez desde hace mucho tiempo, alguien se preocupa de lo que pueda pasarles.

—Estaremos bien —dice rebuscando en el bolsillo de la cazadora que Inés le ha dejado—. La Policía me ha dado este teléfono. En caso de que surjan problemas, tanto Pedro como yo podremos llamarles.

Todos parecen aliviados.

—Además le dejaré mi número de móvil —sonríe Inés—, y en la urbanización hay vigilancia. Estarán bien.

—Pierre te manda un abrazo —dice Sonia al despedirse de su amigo—, y dice también que si lo necesitas solo tienes que llamarle y estará a tu lado.

—Y te manda sus mejores eructos —sigue Juan muerto de risa.

—Pero... ¿quién es ese Pierre, hijo? —pregunta la abuela.

—Un chico inteligente —sonríe Carlos mirando a su hija.



Después de reposar un poco la comida, la abuela ya quiere ponerse en marcha.

—Inés me ha dejado las llaves del piso y voy a aprovechar ahora que hay luz para adecentarlo un poco.

—No creo que sea buena idea, Carmen. No sabemos dónde estará ese hombre ni si se le ocurrirá volver. Esta mañana he ido a pagar los recibos atrasados y también los del agua —dice Carlos soñoliento—, así que lo mismo han vuelto a darles el alta, y podré ir yo con vosotras a última hora para ayudaros. No me gusta que estéis solas la niña y tú.

—No va a pasar nada a plena luz del día, hijo. Abriremos todas las ventanas, y hasta la puerta si hace falta, ella tiene buenas piernas y buenos pulmones, si pasa algo correrá a buscar ayuda y gritará, ¿verdad?

Sonia asiente con alegría.

—¿No tienes deberes? —pregunta su padre.

Aunque los tuviera no dejaría de acompañar a la abuela, así que niega con la cabeza y abre la puerta de la calle con dos bolsas en la mano.

En el descansillo de la escalera de la casa se tropiezan con una vecina.

—Supongo que usted vendrá a limpiar, hace días que aquí no se para por el olor, es una auténtica vergüenza.

Como si no lo hubiera oído, la abuela mete la llave en la cerradura. El tono de su voz hace bajar la cabeza a la mujer.

—La vergüenza es que nadie del edificio haya echado una mano a esta gente —dice con fiereza, apartándola.

El olor es tan fuerte que Sonia tiene que contener las náuseas. Carmen va derecha hacia las ventanas.

—Deja que entre bien el aire en todas las habitaciones, eso y un buen chorro de agua y jabón lo dejarán todo fresco y limpio, ya lo verás. Cuando regresen, esto volverá a ser un hogar.

Sonia nunca ha visto tantas botellas vacías juntas.

—Tú vete metiéndolas aquí —dice la abuela abriendo una bolsa de basura—, y ruega para que tengamos agua.

Una explosión de la cañería les hace dar un respingo y un agua oscura como el barro les salpica.

—¡Qué maravilla, nena, tenemos agua!

—Eres muy buena, abuela —dice Sonia contenta.

Carmen mira a su nieta con orgullo.

—Tú también, cariño, ya lo creo.

Trabajan las dos sin parar y solo cuando empieza a oscurecer se dan cuenta de lo tarde que se ha hecho.

Carmen le da sin éxito al interruptor.

—Creo que por hoy hemos terminado, dentro de poco no se verá nada. A ver si podemos ir bajando las bolsas al contenedor antes de que llegue tu padre.



Sentado en la escalera del primer piso encuentran a Pierre.

—Buenas tardes, *madame*; hola, Sonia —dice, levantándose para saludar—. Cuánto me alegro de encontrarlas. Me he enterado de la dirección de *mon homonyme* y llevo bastante rato llamando al timbre sin resultado.

—Él es Pierre, abuela, un compañero de clase.

La abuela le sonríe con entusiasmo.

—Pues creo que ha llegado en el momento oportuno. Enséñale dónde están las bolsas para que nos ayude a bajarlas.

—No se preocupe, *madame*. Puedo hacerlo solo.

Y aunque Sonia insiste en ayudarle, es Pierre el que va llevando todas al contenedor.

—Este amigo de los chicos es una joya —dice Carmen al ver llegar a su yerno—. Y ha llegado en el momento adecuado. Ninguna de las dos nos sentíamos con fuerza para sacar tanta basura. ¡Qué frío hace!

—Pues ahora os voy a invitar a tomar algo caliente —dice Carlos estrechando la mano de Pierre con efusividad.

—Yo debería irme, señor, pero antes me gustaría saludar a mi amigo.

—Llegarás antes si yo te acerco a tu casa —dice sacando su móvil—. Llama a tus padres y diles que estás conmigo, si es necesario yo se lo explicaré.

—*Merci, monsieur* —dice devolviendo el móvil después de la llamada—. Me recogerán aquí mismo en una media hora. Pero antes querría ver a...



Delante de un buen chocolate con churros, Pierre se va enterando de lo que pasa. Y parece afectarle mucho.

—Nunca pensé que pudiera pasarle algo tan grave. Debería haber estado más atento.

—Es normal que no te hayas dado cuenta, hijo.

Pierre señala a Sonia con la mirada.

—Ella sí lo ha hecho —dice— y yo debería estar entrenado, *monsieur*. Cuando vivía en la India, la pobreza formaba parte de nuestra vida, aunque yo no me mezclaba con ella. Al principio me sorprendía ver a tantos niños de mi edad descalzos y casi desnudos pidiendo por las calles mientras la gente pasaba a su lado ignorándolos... Un día que se lo comenté a mi padre, me dijo que le asustaba que nos llegara a pasar lo mismo algún día y que también los ignoráramos.

—¿Y os llegó a pasar? —pregunta Sonia muy bajito.

—*Non. Mon père* decía que deberíamos entrenarnos cada día para evitar que sucediera, y por eso se acercaba a ellos, les preguntaba cosas y hasta se los llevaba a la embajada a comer. Uno de estos niños era un maestro de los eructos, se convirtió en mi amigo, como Pedro, y me enseñó su habilidad. Podía decir su nombre y apellidos con absoluta claridad. Era un genio.

La abuela parece muy concentrada en lo que escucha, aunque Sonia está segura de que no le gustan nada las habilidades de su amigo.



—¿Por qué hablas tan bien nuestro idioma, hijo? —pregunta de pronto.

—Mi madre es española y mi padre, francés. Está destinado aquí desde hace un par de meses. Es el primer secretario del embajador, *madame*... Ah, creo que ya han venido a buscarme. Hoy mismo le contaré todo a *mes parents* para ver si pueden ayudar a Pedro. Hasta pronto, señor; nos vemos mañana, Sonia.

# 14



Juan ya está en clase cuando ella llega y, por lo que se ve, parece impaciente por verla.

—Menos mal que has llegado, tengo un montón de cosas que contarte.

A Pierre también se le nota impaciente.

—Ayer hablé con mis padres, están dispuestos a ayudar en lo que haga falta, en el recreo os lo cuento.

Álvaro no parece estar muy cómodo esta mañana.

—Cada mochuelo a su olivo y en silencio. —Hace una seña a Pierre con la mano para que se levante.

—Este era mi sitio —dice Pierre, que está sentado al lado Sonia.

—¡Era tu sitio! Ahora, que yo recuerde, tienes otro y, aunque no haya venido tu compañero, haz el favor de sentarte donde te corresponde —dice con voz de trueno el tutor—. Y hablando de Pedro, me gustaría que todos os comportarais con amabilidad cuando vuelva, y sobre todo con naturalidad, a nadie le gusta ser el centro de atención después de un momento malo en su vida... Ahora procedamos a pasar revista a vuestra semana laboral... Alba...

Un equipo de cabezas pensantes desea fervorosamente que suene el timbre que anuncia el recreo.

—¡Eh, Sonia! —susurra Rosalía cogiéndola del brazo—. Te traje el libro.

—¡Gracias, luego lo veo! —dice ella siguiendo a Juan sin esperarla.

Enseguida les siguen los demás pensando que Pierre va a actuar al verle correr detrás de ellos.

—Ayer por la noche Pedro me contó todo —dice Juan casi al oído de Sonia.



—¿Cómo está su madre? —pregunta Pilar.

—Bien del todo ya, gracias.

Ahora es Olga la que interviene:

—¿Y cuándo volverá él?

—Supongo que en un par de días. Y seguro que vendrá bien vestido y aseado —sonríe Eructil.

—Tú qué sabrás, bobo.

Como si no la hubiera escuchado, y antes de que nadie pueda impedírselo, Pierre empieza a hablar. Sonia y Juan no están seguros de que deba hacerlo, pero ya no hay quien le pare. Ordenadamente y sin olvidarse de nada, Pierre los pone al tanto de la situación de su companero.

Después de un silencio y de algunas exclamaciones de sorpresa, Sonia aprovecha para dar su opinión.

—No sé si deberías haber hablado, Pierre, y tampoco creo que a Pedro le haga mucha gracia.

—Pedro no tiene por qué enterarse —dice Lola mirándola—, y yo, la verdad, prefiero saber lo que está pasando. No me gustaría hacer una broma sobre algo que pueda herirlo más de lo que está. El curso pasado no me porté bien contigo y ahora no me gustaría repetirlo con él, aunque sea sin pretenderlo. Te agradezco la información, Pierre. Me voy a la cancha, ¿viene alguno?

Solo Ramón parece querer seguirla.

—Si os interesa mi opinión, yo también prefiero saberlo —dice antes de marcharse con Lola—, pero también entiendo a Sonia.

—Y yo, pero ahora procuraré ser más amable con él —sigue Alba—. Y no te preocupes, Sonia, nunca sabrá que lo sé.



Olga tiene los ojos muy brillantes.

—¡Pobre Pedro! La boba soy yo, Pierre, por no haberme dado cuenta, y eso que Juan nos dijo que siempre puede haber razones que te impidan descuidar tu aspecto. Pensaré en eso para otra vez.

Al ver la cara de sus compañeros, Sonia piensa que Pierre no ha tenido una idea tan horrible. Nadie quiere entrar en detalles porque con lo que les ha dicho parece bastarles.

—Una reacción global perfecta —dice Eructil separándose un poco—. Mi emoción me ha llenado el estómago de aire. Permiso.

Un estruendo, como un trueno, les golpea con tal ferocidad que hasta Ramón grita desde la cancha.

—Podrías avisar, pequeñín, me hubiera protegido.

La carcajada general templa suavemente los ánimos y la asamblea se disuelve con normalidad.

—Ayer le conté todo a mis padres, y los dos quieren ayudar a la madre de Pedro. Hablarán con el embajador y con el departamento de personal para ver si es posible que pueda trabajar en la embajada. Allí hay vigilancia siempre, y ese indeseable no podrá molestarla.

Juan mira a Pierre a los ojos.

—Ese indeseable es su padre, eso es lo que quería deciros. Pedro me lo contó ayer y me dio mucha pena... Tiene que ser horrible que tu padre, después de años sin dar señales de vida, vuelva para maltrataros a ti y a tu madre. Creo que es mucho peor que lo que hicieron los míos al abandonarme para siempre. Por lo menos tuve la oportunidad de encontrar a Inés.



Sonia nunca ha visto a Juan tan emocionado, por eso coge su mano con cariño.

—Reconozco que soy un privilegiado—dice Eructil pasando un brazo por el hombro de Sonia, que se lo impide con discreción—. Yo nunca he sabido lo que significa perder a alguien. Por eso quiero formar un equipo de salvamento con vosotros, eso me ayudará a estar siempre alerta y a no ignorar nunca lo que pase a mi alrededor. ¡Por Pedro y su rescate! —Y suelta un pequeño eructo.

Sonia frunce el ceño al escucharlo, pero reconoce que Pierre ha sido el primero en ofrecer su ayuda a Pedro casi sin conocerle. Que ella recuerde es el único de clase que lo ha hecho.

—Sobraba el eructo —dice arrugando la nariz—, pero estoy segura de que eres una parte muy importante de nuestro equipo.

—¡Mira —dice Juan—, es mi madre!

Suena el timbre justo antes de que puedan correr a su encuentro.

—Una madre muy guapa, *réellement*—susurra Pierre ocupando su sitio en clase.

La mañana transcurre sin demasiados sobresaltos, pero sí con bastantes llamadas de atención, casi nadie parece estar en donde tiene que estar. Ni siquiera Pierre.

—Haga el favor de repasar el resultado, grumete, parece que la niebla no le deja llegar a buen puerto.

—¿Qué pasa, Juan? ¿Desde cuándo llamas verbo al sujeto? —pregunta Lidia con desesperación.

—Sonia, atenta, por favor, no querría repetirlo otra vez. ¿Pero qué os pasa a todos esta mañana? Aterrizad de una vez —se exalta Lourdes.

Esta mañana lo que les sucede a todos tiene un nombre. Incluso Lola se acerca a Sonia con decisión al acabar las clases.

—Supongo que tú verás a Pedro, así que dile de mi parte que si necesita algo, solo tiene que pedirlo. Voy a fotocopiar las páginas de problemas de estos días para que mañana se los lleves. —Sonríe con generosidad—. Tú también puedes copiarlos si quieres, Natita, los de hoy me refiero. Así vamos saldando la deuda.

—De acuerdo —sonríe Sonia.

—Toma —dice Rosalía alargándole un libro—, está muy bien, ya lo verás; y mi abuela tiene la colección completa. Mañana traigo uno para Pedro.

Olga parece muy afectada y no parece importarle perder el bus.

—No sé que decir, en serio.

—No te preocupes —la consuela Sonia—. Pedro sabe que eres su amiga y, por si acaso, yo voy a contárselo.

Juan le hace señas desde el coche de su madre.

—¡Voooyyy! —grita despidiéndose de Pierre con la mano.

Los dos le cuentan a Inés todo lo que ha pasado.



—Pues ahora son profesores y alumnos los que están enterados. He hablado con la directora para justificar las faltas y explicarles la situación. Tu padre tenía razón, era necesario hacerlo por si acaso en algún momento este hombre viene a recogerlo al colegio.

El corazón de Sonia late muy deprisa.

—¿Puede hacerlo?

—Ahora ya no, cariño. Lo han detenido esta mañana y le han puesto una orden de alejamiento. Parece ser que se presentó en su casa y al ver que no estaban se puso a dar golpes y a tirar cosas. Los vecinos avisaron a la Policía.

Por el espejo retrovisor ve la cara asustada de Juan.

—¿Qué os parece si compramos unos pasteles para celebrarlo? —dice tratando de desviar la conversación—. También compraremos un par de pollos asados y unas bolsas de patatas fritas. No me ha dado tiempo a hacer la comida y ya es muy tarde.

—No pasa nada, mamá —dice Juan—. Compra pan y haremos bocadillos. Lo importante es estar juntos. Por cierto, Pedro dijo que su padre era un «bebedor». ¿Si deja de beber volverá con ellos?

Inés habla con el corazón a ese hijo que empieza a madurar.

—Si es un alcohólico, tendrán que ayudarle, y podría conseguir recuperarse, pero no creo que fuera prudente que Clara y Pedro volvieran con él. Ya ha tenido una oportunidad y la ha desperdiciado. Nadie que te agrede y que te hace daño puede seguir contigo. Una pareja es feliz creando un hogar feliz para ellos y para sus hijos. Él no ha sabido hacerlo.



Juan mira por la ventanilla como si no hubiera nada mejor que hacer.

—Te quiero muchísimo, mamá —dice después de un rato, ante la mirada emocionada de Sonia.

## 15



Cuando Inés abre la puerta de su casa, Pedro y su madre les dan una bienvenida sonriente.

—Hummm, ¡qué bien huele! —dice Juan con Trufa saltando a sus pies.

Efectivamente. No solo huele de maravilla, sino que hace tiempo que Inés no se encontraba al volver del trabajo una casa tan acogedora.

La mesa está presidida con una humeante fuente de pasta con tomate y verduras, la chimenea está encendida y en el horno de la cocina se prepara una tarta que aromatiza toda la casa.

—¡Clara! —dice Inés abrazándola—. ¿Tú has sido capaz de hacer todo esto? Eres increíble.

Ella sonríe agradecida.

—Me ha ayudado Pedro, el resto es mérito tuyo. Tenías todo lo necesario para hacerlo. ¿Nos sentamos?

Sonia piensa que Clara es la mujer más dulce que ha visto nunca, y aunque sus ojos siguen tristes, parece ilusionada.

—Está todo buenísimo —dice Juan con la boca llena en nombre de los demás.

—Es que mi madre cocina muy bien.

—Y mi hijo come muy bien —se ríe Clara—. Tenemos que daros las gracias una y mil veces, sois unas personas maravillosas.

—Toda la clase pregunta por ti, Pedro, y todos quieren que vuelvas cuanto antes —sigue Juan sin parar de comer.

Sonia sabe que Pedro es un chico inteligente y que seguramente las palabras de Juan le hacen sospechar algo raro. Cuando estaba en clase, nadie parecía tirar cohetes al verlo.



—Es que les hemos contado que tu madre estaba en el hospital...

Pedro suelta el tenedor y la mira fijamente.

—¿Por qué habéis hecho eso?

—Porque era la verdad —dice Juan antes de que alguien intervenga—. Ya no somos tan pequeños, Pedro, es fácil ponerse en el lugar de otro para en-

tender las cosas. —La pierna de Sonia roza la suya por debajo de la mesa—. Nadie ha preguntado por qué estaba en el hospital, así que supongo que creerán que la han operado de algo.

Inés recoge su plato.

—Los profesores también están al tanto de «la operación de tu madre» —dice sonriendo—. Así que posiblemente no te exigirán tanto cuando vuelvas.

—No estoy seguro de querer volver —dice Pedro mirando a su madre.



Sonia piensa en lo difícil que ha debido de ser para Pedro ir al colegio con la ropa sucia, sin libros ni material escolar y con una pena tan gigante.

La voz de Clara suena muy dulce.

—Si antes has podido hacerlo, hijo, ahora será mucho más fácil. Las cosas se están solucionando y todo será como antes, ya lo verás, volveré a trabajar, regresaremos a casa...

—¿Y qué pasará si él también vuelve? —pregunta Pedro con un hilo de voz.

Clara lo mira como solo saben mirar las madres.

—No volverá, hijo, y si lo hace pediremos ayuda, ahora no estamos solos.

Los ojos grandes de Pedro parecen los de un hombre.

—Creo que ahora nos toca recoger a nosotros —dice Inés frotándose un ojo y levantándose—. Nuestros amigos ya han hecho suficiente por hoy.

Pero no es verdad. Clara es infatigable, después de descansar un ratito, y antes de que aparezcan Carlos y Carmen, ya ha hecho un chocolate espeso y está cortando la tarta. Trufa ladra pidiendo una prueba.

—Toma, Trufita —dice con unos coloretes en las mejillas muy graciosos—. ¿Qué tal está?

—Ella no tiene ni idea —habla Juan alargando la mano—, yo te diré cómo está.

—Y yo —suplica Pedro—. Cuantas más opiniones tengas mejor, ¿verdad, mami?

Hoy es uno de los días más felices en la vida de Sonia, y no sabe por qué el recuerdo de su madre se hace más presente que nunca.



—No estés triste, Natita —escucha decir a Chocolate justo a su espalda—, y ve a abrir la puerta, anda. Trufa ya ha oído los pasos de tu padre y de tu abuela

Y es verdad; con las orejas levantadas y moviendo tan rápido su rabo que parece eléctrico, espera que Sonia abra la puerta y se refugie sin decir una sola palabra en los brazos de su padre.

—Humm, qué bien huele.

—Ya lo creo —dice Carmen quitándose la bufanda y el abrigo para ir a abrazar a Clara y a Inés.

El resto de la tarde resulta muy tranquilo: ella lee el libro, Pedro y Juan juegan a la consola mientras van acabando la tarta, y la abuela, Clara, Inés y su padre no paran de hablar de sus cosas.

—Esta chimenea se está quedando sin leña. ¿Dónde la tienes, Inés?

—Está en el garaje —dice Clara levantándose—. Yo iré contigo.

En una milésima de segundo, Sonia ha visto algo en los ojos de su padre que hacía tiempo que no veía. Pero enseguida desaparece.

—¿Queréis que hagamos los deberes? —dice cerrando el libro.

—Es una idea estupenda —dice Inés mientras sus dos amigos la fulminan—, ya podéis ir apagando el videojuego.

—Esto sí que no te lo perdono, Natita, justo cuando estaba ganando... Lo último que me apetece en este momento es ponerme a resolver los problemas de don Matías.



Sonia se acuerda y suelta la gran noticia.

—¡No hay que hacerlos! Mañana no tenemos clase con él y Lola ha prometido ayudarnos, bueno, a Pedro y a mí, pero seguro que estará encantada de que te unas a «la clase».

Juan contraataca con ferocidad.

—Seguro que tan encantada como tu Eructil cuando te dedica esos eructos tan delicados.

Es la primera vez que Nata querría matar a Chocolate, pero la cara desconcertada de Pedro lo impide.

—Creo que tengo que volver a clase cuanto antes —dice mirándolos sorprendido—. No sé qué me he perdido, pero no me estoy enterando de nada.

Clara y Carlos llegan a tiempo de escuchar las carcajadas de sus hijos.

—Clara —dice Inés apareciendo con un montón de ropa en los brazos—, a ver si esta ropa que ya no le vale a Juan le sirve a Pedro.

—No creo —dice Sonia mirándolos de reojo—, están casi igual de altos.

—A ver —dice la abuela obligándolos a levantarse—, juntad las espaldas.

A Pedro solo le quedan un par de centímetros para igualar a Juan.

—Cómo has crecido, mi amor —dice Clara acercándose emocionada—, no me había fijado en que estás a punto de pasarme.

—¿Cómo ibas a fijarte, mamá —contesta Pedro abrazándola—, si hace un montón de tiempo que solo nos ocupamos de sobrevivir?

Hasta Carlos, tan acostumbrado a dominar sus emociones, nota que se le llenan los ojos de lágrimas.

# 16



Cuando un par de días después Pedro aparece en clase acompañado de Sonia y Juan, Olga no puede reprimir un grito de alegría.

—¡Ha llegado Pedro, ha llegado Pedro! —grita.

Pierre acude a su encuentro con un fantástico eructo de bienvenida. Detrás de él se escuchan algunos aplausos espontáneos por la vuelta de su compañero, que está tan avergonzado que no sabe dónde meterse.

—No escuches a estos descerebrados, sabiendo que Álvaro está a punto de llegar, solo se les ocurre aplaudir *mes* habilidades. Siéntate —dice guiándolo como si Pedro no conociera el sitio.

—¿Pero qué dice este? —pregunta Lola recibiendo a su compañero con una sonrisa espectacular—. El aplauso era por ti, desde luego, no por las guarradas de Pierre. Bienvenido a clase, ya sabemos que tu madre está fuera de peligro.

Sonia y Juan tampoco saben qué hacer, Lola y los demás están representando tan perfectamente su papel que cada vez parece menos creíble.

La llegada de Álvaro indica que no está dispuesto a que le quiten protagonismo sus alumnos y mucho menos a actúar con naturalidad.

—¡Hombre, Pedro! —grita golpeando su espalda con demasiado entusiasmo—. ¡Qué alegría verte! Ya nos hemos enterado que lo de tu madre fue solo un susto sin importancia. Después pasa por secretaría, tenemos unos libros para ti que nos sobraron del curso anterior, así no tendrás que comprarlos. Y no te preocupes nada por tus faltas; poco a poco y con tranquilidad te irás poniendo al día.

Un Pedro completamente desorientado solo tiene tiempo de balbucear al oído de Sonia, antes de ocupar su sitio.



—¡Qué raros están todos, ¿no?!

«Y eso que solo acaba de empezar la mañana», piensa ella.

—La verdad es que está guapísimo —dice Olga durante el recreo a todas las que quieran oírla.

—Está igual que siempre, solo que más limpio —contesta Pilar—, y como lo mires tanto va a creer que te gusta, boba.

—O se va a dar cuenta de algo —dice Rosalía—, y tenemos que fingir que no sabemos nada. ¿Qué hacen?

Sonia, Juan y Pedro comparten una bolsa de patatas fritas que ocupa toda la mochila de Pierre.

—Nos comemos todas las que queramos —dice mirando a su tocayo—, y el resto te las llevas a casa.

—Ya no paso hambre —contesta Pedro mirando a su amigo—, estamos viviendo en casa de Juan y de Inés hasta que todo se arregle y podamos volver a nuestro piso. Pero gracias de todos modos.



Después, con un soplido paciente, busca la mirada de Sonia y Juan.

—A ver, ¿cuántos más lo saben?

—Pues todos —contesta Pierre con valentía—, y soy yo el culpable, ellos no tienen nada que ver.

El susto de los chicos desaparece al oír la carcajada de Pedro.

—Menos mal, empezaba a pensar que me estaba volviendo loco. ¡Qué alivio! ¿Y Álvaro, el tutor, también, verdad? —pregunta divertido.

—*Oui, mon ami* —dice Pierre con una sonrisa—. Pero en esto yo no tengo nada que ver.

—¡Menudos amigos más soplones! —dice acercándose a Manu—. ¿No tendrás un chicle, verdad?

Un Manu solícito le regala un paquete sin abrir.

Don Matías, que se pasea por el patio, al verlo, se acerca a estrechar su mano con energía.

—Bienvenido, Pedro, me alegra ver que ya no tendré que interrumpir mi clase con sus retrasos. A partir de mañana lo quiero ver a su hora. Espero que tome usted buena nota.

Pedro mira a sus tres amigos con desconcierto.

—¿Estáis seguros de que él también lo sabe? —pregunta justo cuando suena el timbre.

Sonia se encoge de hombros y entra detrás de Lidia.

—¡Los libros! —grita Pedro al acordarse de que tenía que pasar por dirección a recogerlos.

—No te preocupes —dice Ramón mirando a Lidia—, si ella me lo permite, te los traigo ahora mismo.



—Claro que te lo permito —sonríe la profesora—. Ayudar a un amigo es siempre una virtud, y nuestro querido Pedro es un amigo excepcional. Espero que la vuelta a clase sea de lo más grata para ti, hijo mío.

—¡Esta lo sabe, seguro! —sopla Pedro en la oreja de su amigo.

Los cuatro están a punto de sufrir un ataque escandaloso de carcajadas.

El resto de la mañana transcurre sin novedad, Pedro va adaptándose con bastante rapidez a la extrema amabilidad de sus compañeros, y Sonia tiene la impresión de que cada vez está menos avergonzado. Eso le hace pensar que hasta las cosas más graves pierden dureza cuando uno se siente apoyado; no es que los problemas desaparezcan, sino que son más fáciles de llevar.

—¿Qué piensas? —susurra Juan en su oído.



—Nata y Chocolate, invencibles —contesta Sonia con una risa floja.

La voz de Lidia en un francés tortuoso se dirige especialmente a ella.

—Sonia, Sonia, *s'il vou plaît* —la expresión que sigue la obliga a continuar en español—. Por lo que veo estás sacando los pies del plato, fíjate en lo formalito que está tu compañero Pedro. Todos deberíais tomar ejemplo. —Al ver la mirada de Pierre interviene casi sin respirar—. Nadie te pide tu opinión, Pierre Arcenau, así que siéntate, por favor, igual que tu compañero.

Pierre se esfuerza tantísimo para sentarse exactamente igual que su compañero, que toda la clase irrumpe en una estruendosa y solidaria carcajada.

—Por respeto a Pedro Gutiérrez no os pongo un cero general —vocifera Lidia con la cara muy roja—, y también por respeto a él —sigue, recuperando el aliento—, tú, Pierre, puedes recoger tus cosas y esperarme en dirección. Ni es momento ni día para burlarte de un compañero.

Ahora es Pedro el que se levanta con valentía.

—Él es mi amigo, Lidia —dice sin que su voz tiemble lo más mínimo—. Me lo ha demostrado en los momentos malos y en los menos malos. No me gustaría que por un malentendido tenga que ir a dirección. No se ha burlado de mí, solamente me ha gastado una pequeña broma.

El silencio de la clase es tal que hasta se pueden oír las respiraciones.

—En ese caso —dice Lidia volviendo a sentarse—, continuaremos con lo que estábamos. Puedes sentarte tú también, Pedro.



Pierre tiene que reprimir un emotivo y delicado eructo.

# 17



A lo largo de los días todo parece encajar, como en un gigantesco puzle. Clara va mejorando lentamente hasta convertirse de nuevo en lo que siempre ha sido, una encantadora y sorprendente mujer.

Pedro, como Sonia hace solamente un año, ha recuperado poco a poco la normalidad. Sus ojos grandes e inteligentes, tan parecidos a los de su madre, derrochan tanta vitalidad que podría decirse que todos los días se le quedan pequeños.

Juan siente que las cosas no pueden ir mejor. Se ha adaptado perfectamente a su nuevo colegio. Y a pesar de que Sonia sigue siendo su amiga más querida, en la parcela amistosa de su corazón todavía hay hueco para dos personas más y todo lo que vaya llegando.

Pierre sigue siendo tan feliz o puede que incluso más de lo que siempre ha sido, y de todo ello no solo tienen la culpa Pedro y Juan, sino también la mariposa que revolotea en su estómago cada vez que la delicada mirada de Sonia se posa en la suya.

Todavía Pedro y Clara siguen en casa de Inés, pero por poco tiempo. Marcel y Rocío, los padres de Pierre, le han conseguido trabajo en la embajada como ayudante de cocina, después de apreciar en un par de entrevistas y pruebas su gran habilidad para todas las tareas que requiere ese cargo. Ella ha aceptado encantada y está segura de que esta nueva faceta de su vida la ayudará a pasar página a todas las cosas duras que le han sucedido.

—La verdad es que si pienso que dentro de dos días te irás de esta casa, se me revuelve todo por dentro —dice Inés abrazándola—. Ya te estoy echando de menos, y no solo por lo que te quiero, sino porque no recuerdo haber comido tan bien en toda mi vida.

—Ni yo —dice Juan, que juega con Pedro a la consola.

—Ni yo tampoco. Ojalá siguiéramos viviendo aquí.

—Es verdad, mamá —sigue Juan soltando el mando—. Podríais adoptaros entre vosotras y vivir todos juntos.

Sonia, que está leyendo tumbada en el sillón, les mira sorprendida.

—Y el padre de Sonia podría enamorarse de cualquiera de las dos y formar juntos una gran familia.

Todos sueltan una carcajada.

—¿Y mi abuela qué?

—Tu abuela también, por supuesto, y si no cabemos, podríamos mudarnos a un edificio de tres pisos...

—¿Quieres dejar de decir tonterías, Juan? Todo está bien como está. Tenemos la enorme suerte de ser unos estupendos amigos y no hay que forzar más las cosas. Además, vosotros os veréis todos los días en clase, y Clara y yo buscaremos la manera de hacerlo también; no va a cambiar nada, ya lo verás.

«¿Y mi padre qué?», el timbre de la puerta desvía los pensamientos de Nata.



—Abrid, por favor, seguro que es Carlos que viene a buscar a Sonia.

Carlos saluda a todos con una sonrisa.

—Venga, tesoro, recoge tus cosas, la abuela seguro que nos está esperando.

—Quédate un poco —dice Inés—; media horita más no creo que le preocupe a Carmen.

—Creo que hoy tenía que hacer algo —habla Sonia sin estar muy segura de lo que dice.

—Bueno —dice su padre quitándose el abrigo—, media horita nada más. ¿Has hecho los deberes?

—Podemos hacerlos ahora —contesta ella corriendo con Pedro hasta la habitación de Juan—, no tardaremos nada.

Tumbada en la cama de su amigo y compartiendo unas lata de galletas de canela y pasas que hizo Clara, Sonia vuelve a pensar en su padre. Hace casi tres años que perdieron a su madre y nunca ha salido con amigos, ni tampoco con ninguna chica. Solo va del trabajo a casa y de casa al

trabajo. Únicamente salen con Inés y Juan, pero solo a veces.

—¿Qué piensas? —pregunta su amigo invencible.

—Pienso en mi padre —contesta Sonia.

—Yo también pienso a veces en el mío —dice Pedro de pronto sin mirarlos—. Hace casi dos años que se vino a vivir con nosotros. Al principio todo parecía ir bien, pero luego empezó a beber. Bueno, antes de empezar a beber también empezó a gritarnos, por cualquier cosa se enfadaba con mi madre y a veces la empujaba solo porque había salido a la calle a comprar. Viví más de diez años sin él y me puse muy contento cuando volvió —su voz se va debilitando—; mi madre también estaba contenta, sobre todo por mí. Y ahora pienso que menos mal que ya no está con nosotros, porque no lo necesitábamos en absoluto.



—No merece ser llamado padre —dice Sonia recordando las palabras del suyo.

La voz de Pedro pierde fuerza.

—Me obligó a ir al colegio con esa ropa vieja, que no sé de donde cogió, para que ningún profesor viniera a preguntar por qué faltaba a clase. Yo no quería ir, pero él dijo que si no lo hacía... mejor que no volviera a casa. Tenía tanto miedo por lo que pudiera pasarle a mi... madre que le obedecí... Pero es un cobarde, cuando golpeó a mi madre con su cinturón, yo cogí una silla y le amenacé con ella. Le dije que la dejara porque... lo mataría... Al final, se marchó.

—Ya se ha acabado todo —dice Sonia impresionada por lo que oye.

—Ahora somos cientos de personas las que te queremos —sigue Juan.

Carlos está en la puerta con Clara, que se acerca a abrazar a su hijo.

—Nunca más volverá a molestaros —escucha decir a su padre con firmeza—, te lo prometo, Pedro. Aunque tenga que seguiros todos los días a donde vayáis, ese cobarde no volverá a acercarse a vosotros.

Así los encuentra Inés, que había salido a dar una vuelta a la manzana con Trufa.

—¡Eh! —protesta—. Hacerme sitio, no querría perderme este achuchón por nada del mundo.



Y Trufita tampoco, porque da vueltas alrededor de ellos moviendo el rabo y ladrando como una loca.

La abuela parece acelerada cuando los oye entrar.

—No sé si habrá que esperar un rato por la cena. Solamente hace un par de minutos que acabo de entrar y ni siquiera me ha dado tiempo a cambiarme de ropa. Por cierto, no está mal eso del baile.

—¿HAS IDO A BAILES DE SALÓN, ABUELA?

—Por supuesto —dice ella quitándose las botas—, y la verdad resulta bastante divertido, aunque en este momento no pueda con mis pies.

Carlos la mira con cariño.

—Pues no vas a hacer absolutamente nada, excepto quedarte ahí sentada mientras tu nieta y yo te servimos la cena en una bandeja.

Sonia mira a su padre mientras prepara una tortilla francesa para la abuela.

—¿Tú querías a mamá, verdad, papá?

—Muchísimo, hija.

—¿Y a mí también, verdad?

Con la mano libre, su padre la acerca a su cuerpo.

—Pues claro, tesoro. Más que a nadie en el mundo.

—¿Y cómo el padre de Pedro puede no quererlos a ellos dos?

Carlos se encoge de hombros suspirando.

—No hay respuesta para eso, hija... Anda, coge el pan, si tardamos un poco más, la abuela se va a dar de baja de las clases y eso no lo queremos ni tú ni yo, ¿verdad?

—Por supuesto que no —dice Sonia secándose una lágrima—, en esta casa todo el mundo tiene que divertirse.

# 18



—¿Se puede saber qué les está pasando a ustedes? La mayor parte de los ejercicios corregidos están mal. Sí, señor Arceneau, los suyos también.

Pierre echa un vistazo por encima a los ejercicios.

—Ahora que usted lo dice, don Matías —dice Pierre mirándo su cuaderno fijamente—, creo que tiene razón.

—No lo dude, grumete. Y todo esto sucede —levanta la voz hasta atronarlos— porque llevan ustedes más de dos semanas en todas partes menos en donde deben estar y, por supuesto, sin prestar atención a las explicaciones.

—Es que estábamos preocupados por Pedro —suelta Olga casi sin pensar en la carcajada que genera la respuesta.

Pedro interviene con una mueca.

—¿Por mí?, ¿todavía? Pues..., gracias.

Don Matías continúa con un gesto irónico.

—No me diga, querida alumna Olga, no me diga —su voz va subiendo de volumen—. Lo que yo creo es que sus cabecitas adolescentes están... no preocupadas, sino ocupadas en alguna fiesta del fin de semana. ¿Me equivoco?

—¿Cómo lo sabe, don Matías? —pregunta Alba sorprendida.

El profesor se aplaude a sí mismo.

—¡Vaya!, he acertado, ¿así que era eso? Pues como todavía estamos a martes, será mejor que aterricen en este planeta, antes de que una sobrecarga de problemas para resolver en casa estropeen su guateque.

—¿El quééé? —preguntan casi todos a la vez.



—Pues su fiesta o como quieran llamarlo. Salga a la pizarra, señor Arceneau, a ver si empezamos de una vez a trabajar. Y no quiero oír ni un solo murmullo.

No lo hay, pero el esfuerzo es sobrehumano. La fiesta del sábado en casa de Pierre para celebrar su cumpleaños ocupa todas las neuronas de los alumnos. Don Matías acertó plenamente. Por eso, cuando lo ven salir, todos piensan que mejor que no se encuentre ningún alumno en su camino, porque tendría todas las probabilidades de ser devorado por un ogro-profesor.

—Solo se te ocurre a ti decir que estábamos preocupados por Pedro —castiga Pilar a una Olga totalmente avergonzada—, no solo don Matías no se lo tragó, sino que además tu «enamorado» ya no va a tener dudas de que estás loquita por él.

—¿Y qué si se lo cree? —se ríe Alba.

—Tú tampoco puedes hablar —dice Lola imitándola—. «¿Cómo lo sabe don Matías?». ¡No sabía nada de nada!

Alba se encoge de hombros y Olga no sabe cómo defenderse, la verdad es que desde que Pedro volvió, no deja de mirarlo, ¡le gusta tanto! Y no porque ahora vaya limpio y bien vestido, se arrepiente cada día de haberlo criticado, sino por algo distinto; es como si desde lo que pasó, hubiera descubierto a otra persona, un Pedro diferente, más guapo, más valiente, más inteligente, mejor persona... Tiene la impresión de que solo ella se ha dado cuenta de la transformación de estos meses. Sus ojos, tan tristes y asustados al principio, parecen cada día más alegres y hasta su físico ha cambiado. Antes Ramón y Juan eran más altos que él, pero ahora casi les ha pasado. 

—¿Qué os vais a poner para la fiesta? —pregunta Pilar—. Mi madre dice que puedo comprarme algo.

Olga piensa en una camiseta que le regaló su tía y que le queda muy bien.

—Yo no voy a comprarme nada especial desde luego —dice Alba.

—Ni yo —sigue Lola pensando en su chaleco nuevo—. Pero podrías preguntarle a Sonia, ella está siempre con Pierre, bueno, y con Pedro y con Juan...

—Y conmigo, y con Olga y con Pilar. Con Alba y contigo no, porque estás siempre jugando al baloncesto —dice Rosalía, que acaba de salir de clase—. Ahora, por ejemplo, estábamos todos juntos haciendo los problemas de mates con Pierre, que, por cierto, lo explica todo muy bien.

Lola, un poco molesta, le replica.

—Yo prefiero a mi profesor, por lo menos no eructa, ¡qué asco! Bueno, yo me voy, parece que ya no llueve tanto, y, por si os sirve de algo, pienso ir vestida como siempre.

—¿Con chándal? —pregunta Olga.

—Con lo que sea, nos vemos.

Está claro que Pedro vuelve a ser uno más para casi todos los profesores, pero en los estudios se nota la influencia positiva de Pierre.

—Está muy bien el examen, Pedro, tienes un 9,5, pero puedo pasarlo por alto y bajarte un par de puntos si me siguen descentrando las conversaciones que mantienes con tu compañero —dice Lourdes con ironía.



—¿Un 9,5? ¡BIEN!

—O mal, según a lo que te refieras, estáis tan despistados en general que voy a haceros venir el fin de semana a clase... —Parece que ya se ha corrido la voz de la fiesta entre el profesorado, porque ella sigue con voz sibilina—. Sábado y domingo.

Pierre levanta la mano con decisión.

—¡Sábado y domingo! Y os aviso que vuestro tutor y el resto de los profesores estarán totalmente de acuerdo conmigo.

Ni siquiera se escucha un minúsculo eructo de protesta. Ni siquiera se escucha el ruido de los cuatro chicles que Manu tiene en la boca. Lourdes, a pesar de ser muy simpática y parecer una alumna de bachillerato, tiene un carácter absolutamente terrorífico cuando se enfada.

Tampoco se oye ni un murmullo cuando James repasa el vocabulario con la amargura de siempre.

—No aguanto vuestra malísima pronunciación, acabaréis conmigo si no os esforzáis muchísimo más...

Ni tampoco cuando Lidia sobrecarga su agenda.

—Para el lunes —dice mirando a Pedro, su preferido desde hace aproximadamente dos meses—, quiero una redacción sobre vuestras experiencias en lo que llevamos de curso.

—¿¡Quéééééé!? —Lola recoge velas al ver la cara de sus compañeros.



—De una página como mínimo, Lola, y de dos para todos aquellos que protesten.

Ni siquiera semejante explosión de injusticia hace saltar la chispa. Solamente se escucha un despistado eructo de rebeldía.

—Haz el favor de salir de clase, Pierre —sonríe Lidia con simpatía—, y apúntalo bien, dos folios como mínimo.

—¿En *français*? —pregunta Eructil antes de salir, y también con simpatía.

—En español, y como veo que te has olvidado, te recuerdo que tres folios como mínimo —contesta una Lidia sonriente cruzándose con otra sonriente y jovencísima Lourdes.

El sábado amanece radiante, y todavía sigue radiante a las seis de la tarde, cuando la abuela espera impaciente a Sonia y a su yerno.

—Ya voooy, ¡qué guapa estás, abuela!

—Gracias, tú también estás muy guapa, hija, pero hay que darse un poco de prisa. No sé que le pasa a tu padre.

Sonia casi no puede cerrar la boca cuando lo ve aparecer.

—¡Qué bien estás con esa ropa, papá! Pareces mucho más joven.

—Ya lo creo —sonríe la abuela—. Hace tiempo que pensaba que tenías que renovar tu vestuario, hijo.

Carlos se queda encantado y les devuelve el cumplido con alegría.



—Pero venga, tenemos que darnos prisa si no queremos llegar tarde.

—¿Y adónde vas tú, hijo, si puede saberse? —pregunta la abuela en el coche.

Claro que puede saberse.

—Después de dejaros a ti y a Sonia, voy a ir al cine con Clara.

Sonia no puede verle la cara a la abuela, pero un pequeño movimiento de cabeza hacia atrás indica que no le ha gustado la respuesta.

—No quiero meterme en camisa de once varas, pero creo que es demasiado pronto para...

Sonia piensa que si no quiere meterse no debería hacerlo.

—Pásalo bien, Carmen —dice su padre besándola al llegar a su destino—, y no te preocupes por la cena, no creo que ninguno de los dos llegue con hambre.

La abuela cierra la puerta con cuidado.

En la puerta de la casa de Pierre están Inés y Clara.

—¡Cuánto siento no acompañaros al cine, pero tengo una montaña de exámenes para corregir! Corre, Sonia, acabo de dejar a Juan bailando con Lola y tenéis una merienda fantástica. ¡Estás guapísima, cariño! La falda que hemos elegido es preciosa.

El regalo de Pierre es tan pequeño que cabe en el bolsillo de su abrigo.

—Creí que no llegabas —dice Eructil—. Pasa, por favor.

# 19



—¡SONIA! —grita Rosalía para hacerse oír—, menos mal que llegaste, no te lo pierdas, ¡mira!

Juan, Lola y Ramón bailan con tanto entusiasmo y haciendo tantas locuras que es divertido mirarlos. Ninguno de los tres se da cuenta de que ha llegado, pero sus compañeras se acercan al momento. Sonia casi no las conoce, están todas increíbles.

—Me encanta tu falda, te queda genial, ¿es nueva? —pregunta Olga.

Pierre y su homónimo llegan con unas bandejas.

—Si queréis algún refresco, están allí en la mesa.

Sonia piensa que nunca ha visto una merienda tan buena.

—Mi madre ha hecho un montón de cosas riquísimas —dice Pedro orgulloso cogiendo un canapé—. ¿Quieres uno, Olga?

Olga niega con la cabeza y menos mal que los «bailones» vienen corriendo para camuflar con su cara encendida el color de la de su amiga.

—¡Qué calor! —dice Lola abanicándose con la mano y mirando a Ramón—. ¿Alguien puede ir a por algo frío?

Juan se deja caer en una silla.

—Yo no puedo ni moverme, lo siento —dice saludando a Sonia con un silbido de admiración—. Estás muy guapa.

—Tú también —se ríe ella—. Voy a por unos refrescos.

Cuando llega a la mesa puede oír a Pedro claramente.

—No sé que me pasa, pero cada vez que hablo con Olga, mi estómago se pone a dar saltos.



—¿No tendrás una rana dentro? —dice Ramón conteniendo la risa con un vaso en cada mano.

Pierre pasa el brazo por encima del hombro de su amigo, pero es a Sonia a quien mira.

—*C'est l'amour,* Pedro —dice utilizando su nombre por primera vez—. A mí también me pasa.

Menos mal que Juan está demasiado ocupado bebiéndose el refresco de un trago para darse cuenta de la situación.

—Ufff, me lo he bebido demasiado rápido, creo que en cualquier momento voy a superar el récord de Eructil...

—¡Ni se te ocurra! —dice su amiga más amiga fulminándolo con la mirada.

El resto de la tarde, Sonia no se separa de Olga en ningún momento, las dos están ocupadas poniéndose a salvo de sus problemas más inmediatos.

En el camino de vuelta, Sonia y su padre van callados, como si cada uno tuviera demasiadas cosas en qué pensar.

—Papá —dice justo en el momento en que su padre dice:

—Sonia.

—¿Qué? —contestan los dos a la vez con una carcajada.

Carlos le da paso.

—Nada, solo quería preguntarte si lo habías pasado bien.



—Pues sí, hija, una buena película y una buena compañía. ¿Y tú?

—Yo no lo sé —contesta Sonia suspirando.

Y como si hablar con su padre fuese la cosa más fácil del mundo, se lo cuenta todo.

—Bueno —dice él pendiente de la carretera—, está claro que tú le gustas a él, pero ¿y él a ti?

—Algunas cosas me molestan y me gustan a la vez, es todo muy raro.

—No es tan raro.

Sonia se atreve a mirarlo.

—Pero es que hay otro montón que odio, lo peor, los eructos. ¡No te rías, papá! Bueno, y que tampoco es muy guapo que digamos...

—Si esos eructos son lo peor, tiene fácil arreglo. Dentro de un par de años lo superará, ya lo verás. Esas cosas suelen ser pasajeras. Y posiblemente dentro de unos años también mejorará su físico. ¿Y lo mejor?

Es fácil contestar a esa pregunta.

—Lo mejor es que tiene mucha personalidad, y que es muy simpático y muy gracioso, también es muy inteligente y muy buen amigo, y creo que también es muy sensible y muy buena persona.

Carlos carraspea con fuerza.

—Eso es muy muy interesante, hija.

—Y a ti, papá —pregunta de pronto más aliviada—, ¿te gusta Clara?

No hay ninguna duda de que esta es la noche de las confidencias.

—Bueno —contesta mirando atentamente la carretera—, un poquito.



Sonia siente tristeza y alegría al mismo tiempo.

La abuela está haciendo calceta en el salón, pero a pesar de que parece que no les espera, está claro que se alegra muchísimo de verlos.

—¿Qué tal lo habéis pasado? Tengo un caldito al fuego, ¿os apetece?

Nadie rechaza un caldito, ni la entretenida conversación que los tres tienen en la cocina.

—Buenas noches, papá, buenas noches, abuela —dice Sonia con un bostezo.

—Que descanses, bonita —escucha decir entre besos.

Ya en la cama, y escuchando de fondo la conversación amistosa entre su padre y su abuela, Sonia se da cuenta de lo bien que lo ha pasado esa tarde. Y sin saber por qué, abre despacio el cajón de la mesilla para coger la caracola. Es al llevársela al oído cuando se acuerda.

«¡El regalo! No le he dado el regalo. ¡Mejor! —piensa—. Creo que no voy a dárselo. ¿O sí?, bueno el lunes se lo preguntaré a Olga a vcr qué opina. ¿O a Rosalía?, aunque, no sé. ¿Y a Alba y a Pilar? A lo mejor ellas tienen más experiencia. A Lola desde luego no se lo digo, enseguida se lo contaría a Ramón. ¿Y a Juan?, "Nata y chocolate invencibles". Ya sé que es mi mejor amigo, pero esto no tiene por qué saberlo, seguro que empieza a llamarme "Natita" con esa sonrisa de superioridad... ¿Y Pedro? Pedro es muy tranquilo, pero ¿y si se le escapa algo?... Bueno, ya lo pensaré», se dice con una sonrisa radiante mientras los ojos se le van cerrando lentamente...

# Índice

Escribieron  y dibujaron…

# Alicia Borrás Sanjurjo

*—Alicia Borrás Sanjurjo publicó en 2010* Nata y chocolate, *la primera obra en la que aparecían Sonia y Juan. ¿Cómo han evolucionado los personajes en este tiempo?*

—Para ellos solo ha pasado un año, pero Sonia y Juan han crecido por dentro y por fuera, y eso me encanta, se les ve felices y adaptados. Eso no impide que Sonia siga siendo la misma niña observadora y sensible, aunque, afortunadamente, el murciélago de su barriga haya dejado paso a una divertida mariposa.

*—En esta ocasión escribe sobre la violencia de género. ¿Por qué decidió tratar este tema dirigiéndose a un público joven y cómo ha optado por enfocarlo?*

—Decidí escribir sobre este tema porque me parece importante que los niños sean conscientes de lo que ocurre a su alrededor y, sobre todo, si es algo tan terrible y que sucede tan frecuentemente. Ellos también son víctimas directas de esta tragedia y es nuestra obligación de adultos provocarles la crítica y el rechazo. En cuanto a la manera de enfocarlo, no se me ocurre otra forma mejor de hacerlo que desde la solidaridad: niños y adultos unidos en un objetivo común, ayudar al más débil y al que más lo necesita.

*—Acoso escolar, violencia de género... ¿A los niños se les puede hablar de todo?*

—Por supuesto que se les puede y se les debe hablar de todo. Ellos son el futuro y es necesario despertar sus conciencias; creo que llamar la atención sobre los males de la sociedad es una forma de conseguir erradicarlos. Pero, además, este nuevo libro quiere seguir fomentando el amor por la lectura, y para eso hay que seguir interesándoles. *¡Nata y Chocolate invencibles!* se sitúa otra vez en el colegio, en ese mundo de profes y alumnos donde es fácil que el lector se vea reflejado y donde cada día afloran nuevos sentimientos y emociones.

# Anuska Allepuz

*—Anuska Allepuz nació en Madrid en 1979 y estudió Bellas Artes en la Universidad de Salamanca. Colabora con editoriales e instituciones, y su obra fue seleccionada para participar en la Feria del Libro Infantil y Juvenil de Bolonia en 2009. Díganos, ¿le ha gustado reencontrarse con Nata y Chocolate, y el resto de sus compañeros, cuatro años después?*

—Nata y Chocolate son personajes que no se olvidan fácilmente. Encontrarme de nuevo con ellos es como volver al colegio con tus amigos de clase. A todos los personajes les coges cariño a lo largo del libro, al estar dibujándolos tantas veces en diferentes actitudes, al final es como si los conocieras de toda la vida. Nata es mi personaje favorito; es la que más ha cambiado, de ser una niña tímida e introvertida, a ser más segura de sí misma sin dejar de ser ese personaje delicado y menudo. Lola también, bueno, ya cambió al final del primer libro. Juan me encanta, me parece un personaje tranquilo y confidente; creo que él sigue igual que en el anterior libro. Pierre, el nuevo alumno, me ha divertido mucho dibujarlo; siempre me parece que tiene una sonrisa en la cara, al menos así me lo he imaginado.

—*¿Cómo ha sido enfrentarse, desde la ilustración, a un tema tan duro como la violencia de género?*

—El tratar de ilustrar temas como la violencia de género es difícil, pero, en este caso, eran como dos historias diferentes que se iban entrelazando, la parte luminosa y la parte oscura. Al fin y al cabo, me parece que la historia tiene un mensaje positivo: las cosas se pueden solucionar si todos somos conscientes de lo que pasa a nuestro alrededor y no lo ignoramos. Es de los libros más interesantes que he ilustrado hasta ahora, ya que es un tema que, desafortunadamente, es familiar para muchos niños y para los que no lo sea, podrán empezar a hacerse las mismas preguntas que Nata.